산사로 가는 길

산사로 가는 길

박재완 글·사진

연암서가

풍경이 글을 쓰게 한다. 우리가 그 안에 있기 때문이다. 눈(眼) 너머로 보이는 세상, 그것이 '풍경'이기 때문이다.

시계 위로 떠오르는 태양을 햇살이라고 부르고 싶을 때, 지구의 자전 너머로 사라지는 태양을 노을이라고 부르고 싶을 때, 멀고 먼 우주의 돌덩어리를 밤하늘의 별이라고 부르고 싶을 때, 창밖에 내리는 빗방울이 가슴으로 떨어질 때, 바다의 끝을 수평선이라고 부르고 싶을 때, 우리는 그것들을 풍경이라고 말한다. 그리고 그 풍경이 글을 쓰게 하는 것이다.

산사에서 아침을 맞을 때 산새 한 마리가 우주를 깨우고 있었고, 거대한 우주는 나비 한 마리에 온 힘을 쏟고 있었다. 소리 없이 내리는 눈송이가 거대한 문명의 모든 결행을 멈추게 했고, 빛의 속도로 흐르던 시간은 눈부신 설경의 시간을 기다려 주었다. 그리고 그 풍경 속에는 우리가 있었다. 때론 뒤늦은 생각과 빗나간 마음을 안고, 기어이 겨울을 따라나선 갈대 앞에 서 있었다. 그렇게 나의 글은 풍경에서 왔다.

산사의 기록들 역시 마찬가지이다. 풍경에서 시작됐다. 빛바랜 풍경이 천 년 전의 발자국을 보게 했고, 그 발자국 위를 걷다보면 멀고 먼 시절이 전해 오는 이야기를 들을 수 있었다. 그것들이 풍경 밖에서 말하는 역사였고, 전설이었다. 그렇게 풍경에서 시작된 글과 그 풍경들을 묶었다.

삼십 년 가까이 사진을 찍으며 살았다. 파릇한 나이 때 강의실에서 꿈꾸던, '위대한 사진가'는 아직 되지 못했다. 내 나이가 어느덧 쉰 살이니 앙리 카르티에 브레송이나 윌리엄 클라인처럼 되겠다던 꿈은 그야말로 꿈이 될 것을 알고 있다. 쉰 살을 먹도록 개인전 한 번 못하고, 사진집 한 권을 못 냈으니 나는 무능하고 게으른 사람이다. 나를 기르고 가르친 여러 어른들의 공을 생각할 때, 끝없이 부끄러운 일이다. 늦게나마 글을 더해 책 한 권을 낼 수 있었던 것도 여러 사람들의 은혜로 빚은 일이니 그 부끄러움을 또 더한다. 이 책이 나오기까지 애써주신 맹난자 선생님과 김종완 선생님, 최민자 선생님 그리고 연암서가 권오상 대표님께 그 부끄러움의 끝에서 감사의 인사를 올리며, 부족한 책과 마주한 독자 여러분께도 감사의 인사를 올린다.

2016년 봄

박재완

차례

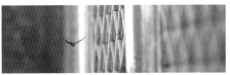

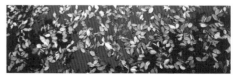

제1부

사찰 풍경 속
이야기

아침

밤새 숲에 묵었던 안개가 아침 햇살에 불려간다. 산새 한 마리가 울어 시간을 깨우고 안개를 털어내는 나무와 풀들로 우주는 비로소 뜻을 가지기 시작했다. 산사의 맑은 방에서 잠을 자고 빈손으로 일어나 뜻 깊은 우주를 본다. 알 길 없는 우주에서 삶이란 눈을 감았다 뜨는 사이. 먼 길을 왔어도 길은 없고, 길이 없이도 마음은 틈만 나면 어딘가를, 어딘가를 다녀온다. 언제 날아갈지 모르는 산새의 날개에 또 하루가 달렸다.

삼월

꽃 피는 담장 뒤에서 누가 울었을지도 모른다. 아무도 모른다. 터지는
입 틀어막고 넘치는 눈물 문질러가며 담장 뒤에 앉아 우는 사람이 지
금도 있을지 모른다. 꽃이 필 땐 꽃만 보인다. 담장 뒤에서 누가 울어도
모른다. 산꼭대기 새가 우는 건 알아도 꽃 피는 삼월에 우는 사람이 있
는 건 아무도 모른다. 산꼭대기 새도 아는 걸 아무도 모른다.

기다림

육지의 서쪽 끄트머리 암자 간월암(看月庵). 달빛이 바다를 길어 올리면 암자는 곧 섬이 되고, 밀려왔던 바다가 돌아가면 섬이었던 암자는 다시 육지의 끝이 된다. 문 밖으로 나가 누군가를 기다렸다 돌아오는 사람처럼 암자는 육지와 바다의 끝을 오가며 육지의 시간과 바다의 시간을 기다린다. 뭍이면서 섬인 그 땅 그 흙의 원소는 기다림인가 보다. 그러고 보니 모든 삶은 기다림 끝에 시작됐다. 기다림이라는 숙명 없이 이 세상에 나와 있는 것이 있을까. 수식어의 끝에 서 있는 모든 것들, 뜻을 가진 모든 것들은 기다림을 딛고 있는 것이다.

　신화의 일부가 떠내려 온 것 같은 땅, 그곳에 가면 기다림의 목판을 볼 수 있다. 그래서 그곳에서는 무엇이든 기다릴 수 있을 것만 같다. 기다림이라는 원소를 딛고 서서 기약 없는 것들을 기다릴 수 있을 것만 같다. 사랑의 원소인 너와 나, 오늘의 원소인 너와 나, 모두 그곳에 가면 힘겨운 것들을 기다릴 수 있을 것만 같다. 오늘을 기다린 하늘이 무거운 구름을 벗으며 함박눈을 내린다. 기다림의 원소 위에 하얀 함박눈이 쌓인다. 그곳에 가면 오지 않을 것들을 기다릴 수 있을 것 같다.

나비처럼

나비의 날갯짓 하나에 온 우주가 관여했듯이
마음 하나, 생각 하나가 나만의 것일 수 없는 일
빗나간 마음 하나, 뒤 늦은 생각 하나가
언젠가 너와 나를 아프게 하리라.

한나절 적시는 햇살에 억겁의 시간이 관여했듯이
지금 옮기는 발걸음 하나도 그냥 걸을 수 없는 일
아득한 시절에 시작된 걸음 끝에 서 있는 것이니
길을 향해 걷지 않는다면 그 또한 언젠가 아프리라.

어느 날, 선사가 찾아낸 '각(覺)'자가 문자가 아니듯이
오늘 본 것, 들은 것만으로 내일을 살 수 없는 일
너와 나, 기억하지 못하는 곳에서 왔음이니
법당 앞을 나는 나비처럼 우연이라도 법에 다가갈 일이다.

나에게

마음은 깊은 곳에 있었으면 좋겠고, 마음 깊은 곳에 내가 있었으면 좋겠다. 눈빛은 늘 아침 같았으면 좋겠고, 시선은 흔들리지 않았으면 좋겠다. 공부는 많이 안 됐어도 게으르지만 않았으면 좋겠고, 할 수 없이 내는 말은 흙이 내는 풀잎 같았으면 좋겠다. 생각은 등불 같았으면 좋겠고, 오늘 생각이 어제 생각보단 밝았으면 좋겠다. 어쩌다 흐르는 눈물은 그 무엇보다 뜨거웠으면 좋겠고, 어쩌다 품은 용기는 그 무엇과도 바꿀 수 없는 것이었으면 좋겠다. 날이 저물어도 급하지 않았으면 좋겠고, 아침이 와도 당황하지 않았으면 좋겠다. 늘 독백으로 가슴이 뛰었으면 좋겠고, 힘든 고백 뒤엔 부처님이 있었으면 좋겠다. 사는 게 힘들어도 '나'는 힘들지 않았으면 좋겠고, '나'는 힘들어도 나의 '자리'는 변함없었으면 좋겠다. 잠든 모습은 절 마당 같았으면 좋겠고, 지나간 하루는 절 마당을 지나간 나무 그림자 같았으면 좋겠다.

기적을 꿈꾸며

눈물만 한 밥을 먹고 작은 눈엔 세상을 넣고, 날아본다. 기적은 없고 너와 나뿐이다. 너는 어디에 있나. 나는 또 어디에 있나. 날아본다. 기적 없는 세상을. 삶은 그렇게 기적 없는 세상에서 기적을 꿈꾸다 가는 것.

너의 언어

우리가 '운다'고 말하는 너의 말(言)을 받아 적을 수 있다면, 지금까지 없었던 시(詩)를 쓸 수 있을 것 같다. 사랑이란 말도 더 이상 영롱하게 들려오지 않는 이 고된 언어에서 벗어나 새로운 언어로 일기를 쓰고 편지를 쓰고 싶다. 늘 울 수 있는 너의 언어로.

부석사 무량수전 앞에서

이른 아침, 먼 길을 달려 영주 부석사에 닿았다. 만나기로 한 이는 아직 보이지 않고 멀리 안개에 잠긴 안양루가 보였다. 안양루에 오르니 깊은 안목의 건축이 역시 아침 안개를 두르고 있다. 무량수전. 안개가 적시고 간 앞마당은 아직 어떤 발길도 들이지 않은 듯하고, '무량수(無量壽)' 현판 앞을 건너지 못하는 시간들은 산새의 울음을 따라 가고 있다. 언제나 기대 서고픈 배흘림기둥이 깊은 사색을 부르는 부석사의 신비스러운 아침. 좀처럼 없는 약속 덕분에 절대고립의 호사를 누린다. 발붙일 곳이 없던 새벽을 보내고 뜻밖의 아침을 맞는다.

기다림으로 묶인 뜻밖의 고립. 뜻밖의 폭설을 만나 그 운명의 언덕에 기꺼이 묶이고 싶다던 어느 시인(문정희)의 시(「한계령을 위한 연가」)에서처럼 나는 약속 불이행으로 부석사의 신비스러운 아침에 갇히고 싶었다. "발이 아니라 운명이 묶였으면" 하던 그 시인의 문장처럼 발붙일 곳 없는 소외가 아닌 받아들일 수밖에 없는 고립에 묶이고 싶었다.

어찌된 일일까. 오랜 시간이 지나도 만나기로 했던 이는 오지 않았다. 뜻밖에 만난 폭설에 묶이듯 나는 시간이 흐르지 않는 무량수전 앞마당을 한참 동안 거닐고 또 거닐 수 있었다. 꿈이 깨진 것은 서산에 또 다른 부석사가 있음을 알고 나서다. 그는 서산 부석사에서 나를 기다리고 있었다. 먼 거리를 달려온 시간과 수고가 허망했지만 이른 아침 아무도 없는 무량수전의 마당을 마음껏 걷게 해준 잘못된 약속이 고마웠다. 뜻밖의 폭설을 또 만나고 싶다.

아름다운 날

남의 말에 매달려 사느라
마음은 늘 바람 같고
바람 같은 마음 붙들고 사느라
그 그림자 늘 갈대 같아라

아침엔 안개 낀 마당을 걷고
저녁엔 책장에 책을 쌓으며
지나간 시절로 시를 만들고
어쩌다 찾아온 근심으로 공부하면서
쏜살같은 시간 살다 갔으면

설경

눈이 내린다. 세상의 모든 길이 길 밖으로 나와 눈을 맞고 거대한 문명
은 모든 결행을 멈추었다. 특별한 시간이다. 빛의 속도로 사라지던 시간
의 간격은 어느새 백색의 속도에 발을 맞추어, 쫓기며 살던 골목도 모처
럼 느긋한 저녁을 맞는다. 마음마다 없던 마음이 일고, 생각마다엔 예전
에 볼 수 없던 모양들이 보인다. 마음이 한 칸씩 늘고 집들은 벽을 허무
는 시간. 근심도 아픔도 유예된 시간. 눈이 오는 날은 그렇게 세상이 달
라진다. 저 깊숙이 산사의 마당에도 눈이 내린다. 대중은 비 한 자루로
길을 내고, 칠백 년 대웅전이 눈을 감는다. 비 한 자루에 길이 생기고, 소
리도 없는 눈송이에 대웅전이 눈을 감았으니 설법이 따로 없어라.

사랑

사랑. 그것을 무엇이 당해낼 수 있을까. 그것을 당해낼 수 있는 것이 있을까. 스스로 꺼지지 않은 한 그것을 이길 수 있는 것이 있을까. 낮도 없고 밤도 없고, 계절도 없는 그것을 무엇이 당해낼 수 있을까. 저 연못에 은하수가 담겼다고 누가 믿을까. 아무도 믿지 않을 때 저 연못의 은하수를 볼 수 있는 게 사랑이라네. 간밤에 은하수가 연못 위로 지나갔다네.

고백

죄인으로 삽니다. 어쩌다 하늘의 구름만 봐도 저는 죄인입니다. 죄인으로 살다 갑니다.

가을에는

연못 위에 낙엽이 쌓이고 있었다. 상왕산 개심사. 가을을 보러 온 사람들이 연못을 지날 때마다 낙엽들 사이로 파란 하늘이 내려와 잠겼다. 떨어진 낙엽 위엔 앙상해진 나뭇가지의 그림자가 어른거렸고, 멀리서 울던 산새는 가지를 옮겨 앉았다.

가을엔 자연도 자신을 바라보는 것 같았다. 연못에 떨어진 낙엽은 떠나온 가지를 볼 수 있었고, 가지를 옮겨 앉은 산새의 눈엔 떠나온 숲이 보였다. 자연도 자신을 바라보는 시간이 있었다.

어느 해 가을, 개심사 연못은 시를 써낸 눈동자처럼 깊었고, 쌓이는 낙엽 사이로 하늘이 하늘을 바라보고 있었다. 자연도 자신을 바라보는 가을. 우리도 이 가을, 한 번쯤은 우리를 진지하게 바라봐야 하지 않을까.

인간과 가을

찬바람이 분다. 뜨거웠던 계절은 새들이 날아간 길처럼 사라져가고, 다가올 계절은 그리운 사람의 이름처럼 멀고도 가깝게 서 있다. 가을이다. 세상은 시가 되어 가고 삶은 낙엽이 되어 가는 가을.

"이 가을 저녁, 인간으로 태어난 것이 결코 가볍지 않다." 고바야시 잇사(小林一茶)의 하이쿠다. 인간으로 태어나 결코 가볍지 않은 존재로 살아야 하는 이 가을. 산사의 숲은 점점 헐거워지고, 그 숲에서 들려오는 산새의 목소리는 결코 가볍지 않다. 어찌해야 할까. 숲도 산새도 갈 길을 찾기 시작했는데…. 어디로든 가야 할 것 같은데…. 이 가을, 그 누구도 쉽게 길을 나서지 못하리라. 어설프게 나섰다간 돌아오지 못할지도 모를 일이다. 어디 가을뿐일까. 인간으로 태어난 것이 결코 가볍지 않다.

아침 바다

지울 수 없는 문신처럼
아침바다에 고깃배 떠 있고

아린 가슴에 떠도는 이름처럼
이른 하늘에 갈매기 펄럭인다

가늠할 수 없는 바다의 시간 위에
먼지처럼 쌓인 신화들

먼지를 쓸어내며 파도가 다가온다
후회 없는 하루는 언제쯤 올 것인가

입적(入寂)

누군가 또 고요 속으로 떠났다. 의심할 수 없는 고요 속으로. 밤하늘엔
달이 하나. 무슨 뜻일까. 달빛 아래 숲이 하나. 무슨 뜻일까. 이제 그는
알았으리. 고요 속에서.

화택(火宅)

힘든 세상이다. 집을 나선 아이들이 학교에서 죽음을 생각하는 세상. 태풍을 견디지 못한 낙과처럼 읽을 수 없는 유서들이 뒹구는 세상. 저녁이 되어 집으로 돌아올 때도 두 다리보다 마음이 더 고단한 세상. 금오 선사 법문집『꽃이 지니 바람이 부네』중에서 가져다 쓴다.

"괴롭고 괴롭다. 고해(苦海) 중에 빠진 몸이여! 화택 중에 타는 몸이여! 괴롭고 뜨겁구나. 천하의 인류가 끝내는 어디로 가는가. 세상만사를 살펴봐도 모두 허망하고 괴로울 뿐이다. 백 천 가지 고통 중에도 유독 생사의 괴로움이 제일 크구나."

산중의 까치집에도 아침이 밝는다. 어미 까치는 벌써 나갔다.

기도

석탑이 말을 걸어온다. 석탑 앞에 서서 두 손을 모으면 석탑은 어느 시대의 것인지도 모르는 언어로 답을 한다. 촛불 앞에서만 모습을 드러내는 숨은 글씨처럼 바라보는 마음 따라 서서히 암호 같은 그 언어를 드러낸다.

산사의 가을

법당엔 향 한 그루 뜨겁게 서 있고
시절 없는 석탑 위로 드높은 하늘

간밤에 추웠던 마당 위를 행자는 걷고
깊은 곳 어딘가 짙어가는 노장의 기침소리

깊어진 하늘을 구름이 채웠으니
지난날의 가풍은 누가 이을 것인가

차가운 바람이 처마 끝으로 사라지고
법당 바닥에 누군가 또 좌복을 편다

또 한 시절이 끝나는가
담장 너머 단풍이 날아든다

너의 흔적

네가 있던 자리는 왜 그리 슬퍼 보이는지. 어느 날, 그랬다. 네가 머물던 자리, 지나간 빈 자리를 보고 있자니 왜 그리 가슴이 아픈지. 수저를 놓고 일어선 밥상의 뒷모습, 힘겹게 견디고 일어선 책상의 뒷모습, 고단한 세상으로 열고 나간 대문의 뒷모습, 네가 지나간 자리의 뒷모습들은 모두 왜 그리 슬픈지. 해준 게 없어 그런지 네가 있던 빈 자리들은 왜 그리 안쓰러운지. 미안하다. 산 새 한 마리 앉았다 날아간 담장 위에 네가 보인다. 미안하다.

겨울숲

겨울숲에서 도토리 한 알 겨우 입에 문 다람쥐가 절 담 앞에서 허리를 편다. 고행으로 드러난 부처의 늑골처럼 겨울숲은 앙상해졌지만 그 앙상함 역시 부처의 늑골처럼 불쌍하지 않다. 무게를 지우고, 색깔을 지우고 향기까지 지운 그 소묘적 풍경의 구석구석엔 지난날의 언어들이 화석처럼 남아 있다. 나무와 산새, 꽃과 나비, 바람과 구름, 달빛과 풀벌레들, 이슬과 아침, 천년과 천년이 주고받은 언어까지. 더욱 선명해진 숲의 결론들. 영원히 알아듣지 못할 언어들이다. 그 알아듣지 못하는 언어들을 추측하며 겨울숲을 걸어본다. 걸어본다. 걸어본다. 노을이 발목을 적셔온다. 붉은 노을이 혈관을 채우듯 숲의 늑골 사이로 번져간다. 무슨 말을 하는 걸까. 절 담 앞을 서성댄 다람쥐는 알아들었을 텐데.

하늘과 구름

눈발을 헤치며 올라간 산기슭의 선방. 길도 언어도 끊어진 선방 허공
엔 가사 한 벌이 구름처럼 걸려 있다. 바라보면 하늘, 걸린 것은 구름.
하늘 하나에 구름 하나면 충분했다. 끊어진 길 끝에 하늘 하나. 끊어진
말(言) 끝에 구름 하나. 걸어온 길이 함박눈에 다 지워졌으면, 돌아갈 길
도 다 지워졌으면….

오늘도

산에 오르면
나뭇가지는 매일 자라고

절에 들면
석탑은 매일 부서지고

새벽을 날 때면
누군가 나 때문에 울고

긴 한숨 끝에는
새들이 매일 날고 있다

운주사 석불

다시 돌이 되어 가고 있다. 무너져내리는 두 눈엔 기다렸던 세상이 아쉽게 스쳐갔고 부서지는 귓가엔 그날의 슬픈 목소리들이 점점 멀어져 가고 있다. 운주사는 염원의 땅, 아쉬움의 땅이다. 그 옛날 기댈 곳 없던 이들이 마지막으로 찾은 곳이다. 그 안타까운 전설, 간절했던 신화의 뿌리가 구석구석 남아 있다. 그 전설과 신화를 함께 한 돌부처들은 이제 눈이 멀고 귀가 멀었다. 기나긴 꿈에서 깨고 있는 걸까. 아니면 이제부터 기나긴 꿈을 꾸기 시작한 걸까. 무너져내리는 입가엔 아무런 말이 없다.

흙이었다가, 돌이었다가, 부처였다가, 다시 돌이 되고 흙이 되어 가고 있다. 돌부처가 모두 부서져 흙으로 돌아가고, 그 흙이 다시 돌이 되면 누군가 그 옛날처럼 다시 부처를 세울까. 다시 눈을 뜬 부처는 그 옛날 아쉽게 스쳐갔던 시절을 들려줄 수 있을까. 시절은 늘 아쉽고 안타깝게 흘렀다. 그리고 사라졌다. 나의 시절도 언젠가 사라지겠지. 석불의 눈과 귀가 무너져내리듯. 나도 흙이 되겠지. 모두 흙이 되겠지. 그리고 또 다시 언젠가 석불과 내가 서로를 마주보겠지. 지금의 석불과 나도 그런 거겠지. 멀리 산마루의 석불도 눈이 멀고 있다.

달마가 동쪽으로 간 까닭은

"산을 내려가면 큰절이 있잖아요? 큰절 아래로 내려가면 또 뭐가 있죠?"

"사바세계."

"사바세계?"

"스님은 사바세계에서 왔어요?"

"그럼. 해진이도 거기서 왔지."

"큰스님두?"

"응."

"왜 모두가 사바세계에서 왔죠?"

오래 전 영화 〈달마가 동쪽으로 간 까닭은〉에서 어린 해진 스님은 후원 부뚜막 앞에 앉아 저녁을 짓고 있는 기봉 스님에게 그렇게 물었다.

영화를 찍었던 영산암에 갔었다. 영화 속 기봉 스님 대신 스님 한 분이 영화 속에서 요사로 나왔던 송암당 아궁이에 불을 지피고 있었다. 장작불 위로 해진 스님의 얼굴이 떠올랐다.

"왜 모두가 사바세계에서 왔죠?"

그날도 암자엔 모두 사바에서 온 사람들뿐이었다. 달마 스님이 동쪽으로 간 까닭은 바로 그것이었다.

돌담 위의 낙엽

설악산 백담사. 오세암까지 가는 사람, 봉정암까지 가는 사람, 설악산 꼭대기까지 가는 사람들이 모여 다시 길 떠날 채비를 하고 있다. 죽기 전에 봉정암 가보고 싶어 왔다는 백발의 할머니, 할머니 따라온 며느리, 며느리 따라온 아저씨. 모두는 다시 길을 떠났다. 그들이 떠난 자리에 마른 낙엽이 떨어져 쌓였다.

선방 돌담 위에도 낙엽이 쌓인다. 혹여 선방의 수좌들이 애타게 찾는 것이 저 마른 낙엽은 아니겠지. 아무튼 선방 밖에서는 얼마든지 볼 수 있는 것을 선방 안에서는 볼 수 없으니 선방의 수좌들은 참으로 어려운 일을 하고 있는 것이다.

한바탕 지나는 가을바람이 남아 있는 마른 잎들을 다시 쓸어내린다. 선방 밖은 낙엽천지다. 선방의 수좌들은 여전히 다리를 펴지 못하고 있는 것 같다. 다른 것은 몰라도 선방 돌담 위의 낙엽이 자꾸만 마음에 걸린다.

수수께끼

산다는 것은 답을 하는 것
간밤엔 마침내 선사가 답을 했고
오늘은 도량의 연꽃이 답을 한다.

산중의 선사가 가부좌를 벗고
연못에 연꽃이 말없이 피도록
여직 수수께끼인 것은 나뿐인 듯하다.

나무도 운다

이 세상에 온 모든 것들은 운다. 그런 것 같다. 봄날, 연못 위로 떨어지는 꽃잎들이 나무가 흘리는 눈물로 보이니 말이다. 나무도 운다고 하자. 그래야 이 봄날이 덜 힘들 것 같아서 그런다. 나무도 우는데 뭘. 나무도 운다고 하자.

석탑

석탑은
너와 내가 바라보기 시작하면서
부서지기 시작했다
석탑의 운명은 그랬다
간절한 눈들을 어쩌지 못해
제 몸을 부수었다
그리고
석탑의 모서리가 그렇게 부서질 때
그 때마다 설법이 있었다
소리 없이 비가 내리고
흔적 없이 바람이 불고
밤하늘에 달무리가 뜨고
변함없이 햇살이 들고

석탑은 너와 내가 바라보면서부터
부서지기 시작했다

약속

흔들리지 않고 서 있고 싶다. 가끔 흔들리지만 약속은 지키고 싶다.
사랑하겠다는 약속.

너와 나

오늘 하루에서 어디까지가 나이고 어디까지가 너였을까. 나의 말(言)이 모두 나의 것이 아니고, 너의 말도 모두 너의 것이 아닐 텐데. 어디까지가 너이고 어디까지가 나인가. 그것만 서로 알아도 눈물짓는 일은 없을 텐데.

우리가 알고 있다는 것

거조암 영산전에는 오백나한이 모셔져 있다. 10대 제자와 16성중을 포함해 오백스물여섯 분이다. 영산전의 문을 여는 순간, 나를 따라온 세간의 시간은 도마뱀의 꼬리처럼 떨어져나갔다. 영산전 안은 영락없는 부처님 시절이었다. 시절을 가늠할 수 없는 나한의 눈빛들은 아득한 시절을 이야기하는 듯했고, 나한 앞에서 두 손을 모은 중생은 마치 그 이야기를 알아듣는 듯했다.

　오백나한의 얼굴을 하나하나 사진에 담고 영산전 밖으로 나왔을 땐 날이 저물고 있었다. 마당엔 길어진 그림자들이 모여들었다. 다가오는 그림자들을 밟으며 닫힌 영산전을 뒤돌아보니 영화 〈박물관이 살아있다〉가 생각났다. 어둠이 내리고 영산전의 문이 닫히고 나면 오백나한이 모두 일어나 부처님께 절을 올리고 영산회상도의 그림이 살아날 것만 같았다. 그럴지도 모를 일이다. 우리가 아는 것이 얼마나 될 것이며, 보고 사는 것이 얼마나 될 것인가. 모두 돌아가고 영산전의 문이 닫히고 나면 영산전 안에서 어떤 일이 일어나고 있는지 아무도 알 수 없는 일이다. 우리가 아는 것이라는 게 그저 눈으로 본 것 말고는 없을 테니까.

청운사 연밭

연꽃을 찍고 싶어 찾아간 김제 청운사. 때가 일러 청운사 연밭에는 아
직 연꽃은 없고 몰아치는 비바람에 이파리들만 파도처럼 일렁이고 있
다. 비바람에 출렁이는 연밭은 한 편의 바다처럼 보였다. 아무리 세찬
바람에도 바다를 떠나지 않는 파도처럼 연잎들은 비바람에 고개가 꺾
일 대로 꺾이면서도 진흙의 연밭을 단단히 붙들고 있다. 스님이 내주신
차 한 잔을 들고 법당 툇마루에 앉았다. 비에 젖어 일렁이는 연밭을 바

라보며 비가 그치기를 기다렸다. 그리고 벽에 기대어 잠이 들고 꿈 한 편을 꿨다.

근심도 없고 불행도 없는 천상에만 피는 꽃이 있었다. 꽃마다 아름다운 신화가 하나씩 들었고 꽃이 필 때마다 영원한 시간이 하나씩 생겨났다. 꽃은 천인들과 눈빛으로 이야기했고 늘 천상을 환하게 밝히는 등불이었다. 어느 날, 천상에서 꽃씨 하나가 사바로 내려온다. 그 꽃씨는 마른 땅을 놔두고 물에 젖은 진흙 위에 내려앉았다. 뿌리를 내린 꽃씨는 이파리를 세우고 꽃을 피우려 하고 있었다. 그 때 천상에서는 보지 못했던 비바람이 몰아쳤다. 천상에서의 모습 그대로 피어난 넉넉한 모습의 연잎은 비바람에 고개가 꺾일 대로 꺾였다. 다른 꽃의 이파리들보다 비도 많이 맞아야 했고 바람도 많이 맞아야 했다. 천상에 피던 꽃이 사바의 비바람을 맞는다.

잠을 깨고 보니 아직도 연밭에는 비가 내리고 연잎이 비바람을 맞고 있다. 연꽃이 피려면 며칠 더 있어야 할 것 같다.

운명

분황사에 서서 황룡사가 있었던 허허벌판을 바라보고 있으면 그 자리의 모든 것들이 안쓰럽다. 상주처럼 남아 있는 당간지주, 상처처럼 돋아 있는 들풀들, 그 풀들 위의 옛 하늘, 선명하게 남아 있는 황룡사의 밑그림, 그 밑그림 위에 그려지는 아득한 역사. 그리고 그 안쓰러운 쪽으로 불고 있는 바람과 그쪽으로 날아가는 새들의 뒷모습까지 모두가 안쓰럽다. 그렇게 분황사에 가면 사라진 황룡사가 눈에 밟힌다.

분황사를 나와 황룡사였던 옛 땅을 밟고 다시 분황사를 바라보면 분황사도 안쓰러워진다. 황룡사 옆에 서 있는 분황사도 안쓰러워진다. 황룡사 '곁'이어서 안쓰러워진다. 모든 것의 '곁'은 운명이다. '너'가 나의 운명이듯.

편지

너만 운다고 생각하지 마라. 나도 매일 운다. 밤 깊으면 저절로 운다. 힘든 것은 어쩌지 못해도 너만 운다고는 생각하지 마라. 너만 우는 건 아니다. 우리만 우는 것도 아니다. 밤에 울지 않는 것이 어디 있을까. 다 운다. 남몰래 다 운다. 보고 싶어 울고, 쓸쓸해서 울고, 아파서 울고, 막막해서 울고, 뒷모습에 울고. 아침이 그냥 오는 게 아니다. 밤에 모두 울어서 오는 거다. 너만 운다고 생각하지 마라. 우리 걸었던 그 길도 젖고 있다. 젖지 않고는 갈 수 없다.

길과 나

스무 살에도 이별은 아팠고, 지금도 이별은 아프다.

얼마나 걸었을까. 나는. 얼마나 남았을까. 길은.

스무 살에도 석양은 하나였고, 지금도 석양은 하나뿐이다.

어디로 가는 길인가. 이 길은. 어디로 가는가. 나는.

봄에

담장 너머로 봄이 보인다. 앙상한 겨울가지도 알고 있다. 날아와 앉는
까치의 비행이 어수선하다. 꽃이 필 자리에 까치가 먼저 와 앉아 있다.
그렇게 그렇게 다 알고 사는 것을. 우리만 모르고 사는 것 같다. 아무것
도 모르고 사는 것 같다.

새처럼

마음을 비우면 날 수 있다. 벗어날 수 있다. 어제에서, 조금 전에서. 하
늘은 '공간'이 아니라 '영역'이다.

가을굿

삶은 힘겨운 가운데 낙엽은 시나브로 쌓인다. 쓸쓸한 노래처럼 찬바람에 실려 기어이 인간의 길 위에 놓인다. 쌓인 낙엽이 세상의 모든 바람을 부르고, 낙엽은 그 찬바람 위에서 춤을 춘다. 신의 생각을 받아 오는 무당처럼 낙엽은 날 선 바람 위에서 닥쳐올 계절의 예언을 전한다. 무당의 새신(賽神)이 끝나기 전에 굿판을 나설 수 없듯, 낙엽의 주문(呪文)을 듣지 않고는 이 길을 건널 수 없다. 이제 인간의 길은 걸어야 하는 것에서 건너야 할 것이 되었다. 낙엽이라는 무당의 부적 없이는 이 계절을 나설 수 없지 싶다. 나무의 추억을 간직한 낙엽이 인간의 길 위에 쓰러질 때부터 이 계절은 어려워졌다. 부적을 갖지 못한 발자국들이 길을 잃고, 길 잃은 발자국 위로 발자국은 또 쌓인다. 낙엽은 인간의 길 위에 쌓이고 길 잃은 발자국은 낙엽 위에 쌓이고. 속수무책이다.

달

보고 있으면 아름답지 않은 것이 없다. 고맙지 않은 것이 없다. 저 달빛 하나로 수많은 사람들이 이 저녁을 또 난다. 보고 있으면 아름답지 않은 것이 없고, 고맙지 않은 것이 없다. 달이 나와 있다.

길이 있어야 하는 이유

길은 기억하고 있다. 지나간 발자국 하나하나를. 우리는 우리가 걸어온 길을 잃고, 그 길에 남겨진 발자국의 날짜를 잊었어도 길은 여전히 그 발자국들을 고이 간직하고 있다. 길이 세상에 남아 있는 이유다. 대숲엔 바람이 찾아와 불고, 길 위엔 댓잎이 떨어져 쌓인다. 어느 날엔가 먼 길에 남기고 온 발자국, 이제 길 밑으로 가라앉아 그 길만이 알고 있네. 길이 이 세상에 있어야 하는 이유다.

법당

다리가 아픈 사람이 있었고, 마음이 아픈 사람이 있었다. 다리가 아픈
사람은 무릎부터 앉았고, 마음이 아픈 사람은 눈물부터 흘렸다. 법당에
대중이 모였다.

세상

연못 속에서 개구리가 세상을 내다본다. 세상이란 나를 뺀 나머지를 말하는 것인가. 나를 포함한 전체를 말하는 것인가. 나를 뺀 세상과 나를 포함한 세상, 그 뺄셈과 덧셈 사이에서 우리는 힘겨운 것이다. 그 뺄셈과 덧셈이 어려운 시험인 것이다. 연못 속에서 잠을 깬 개구리의 눈 속에 세상이 담겨 있다. 나는 어떤 세상에 서 있나.

낙수

겨울이 진다. 따뜻해진 처마 끝에서 눈이 녹아내리고, 숲에선 나무들이
다시 줄을 맞춘다. 때 되어 눈이 녹고 계절은 알아서 오는데, 나는 낙수
한 방울에 걱정이 인다. 철들지 않는 육신도 걱정이고, 철들어가는 영
혼도 걱정이고. 낙수 한 방울에 몸이 끓고 마음이 출렁인다. 하늘에선
산새들이 높은 음으로 새 길을 내고, 나는 좁은 책상 끝에 겨우 글 한자
적는다. 글 하나에 아까운 저녁이 다 간다.

갈대 앞에서

차가운 길에서 만난 갈대는 묵묵히 사막을 걷는 낙타처럼 차디찬 겨울
의 한복판을 지나가고 있다. 고단하기만 한 사바나가 시시해 사막을 걷
기 시작한 낙타처럼 갈대는 주연 없는 초록의 숲이 시시했던 것일까.
모두가 떠난 차디찬 땅에 이름을 적고 기어이 차가운 바람을 따라 나섰
다. 누구나 건너가야 하는 시간이 있다. 낙타의 보폭과 갈대의 생각을
기억하며 힘겨운 계절 앞에 선다.

제2부

산사로 가는 길

산사(山寺)로 가는 길

　　절, 중생과 부처 사이에 있는 절. 나는 한 달에 두어 번 절에 간다. 대부분 오래된 산사에 간다. 불교계 신문사에서 사진기자로 일하고 있기 때문이다. 산사의 풍경들을 카메라에 담으러 간다. 그렇게 산사에 머물면서 사진을 찍고 있으면 그 오래된 풍경들이 문명의 공간에서는 느낄 수 없는, 깊은 우수를 맛볼 수 있는 시간을 준다. 그 깊은 우수는 다름 아닌 '나'라는 걸 산사에 다니면서 알게 됐다. 삶이 힘들면 힘들수록 들여다보고 싶어지는 '나.' 그런 나를 산사에 가면 조금씩이라도 볼 수가 있다. 오래된 풍경 속에는 그런 힘이 있다. 그리고 이제 그 오래된 풍경이 나에겐 종교가 되어가고 있는 듯하다. 나를 생각게 하는 그 무엇, 그것이 각자의 종교가 아닐까 생각한다. 나의 종교가 확고해진다면 나의 종교는 그 오래된 풍경일 것이며, 그 확고함은 풍경과 '나' 사이에 쌓인 마일리지일 것이다.

산사에 들어서려면 숲길을 걸어야 한다. 자연이 내어준 길을 걸어가야 한다. 산사는 문명이 아닌 자연의 길 끝에 있다. 천 년 전의 발자국들은 보이지 않지만 길은 천 년 전의 일을 알고 있는 길이 분명하다. 내가 알지 못하는 것들을 알고 있는 것이 '길'이었다. 그래서 우리는 길 위에 있는 것이고 길을 걷는 것인지도 모르겠다. 자동차를 타고 지나온 고속도로에도, 그 길옆에서 곡식을 기르는 들길에도 천 년 전의 시간이 있었지만 길마다 간직하고 있는 기억의 무게는 각기 다른 것이어서 길의 감정과 역할은 길마다 다르다. 산사로 가는 숲길에는 위대하지만 위태로운 문명과, 그 속에서 살아가는 중생들을 만져주는 손길과 호흡 같은 것이 있다.

숲길이 깊어지면 이름 없이 서로를 부르는 산새들의 지저귐이 들려온다. 새소리에 이끌려 하늘을 바라보면 끝없이 서로의 이름을 불러야 하는 인간의 세상과는 전혀 다른 세상이 보인다. 썩지 않는 문명의 언어와는 형성부터가 다른 자연의 언어를 들을 수 있고, 변함없는 문법으로 천 년을 살아온 새들의 하늘도 볼 수 있다. 숲길을 지나 산사에 들어서면 천 년이 넘은 풍경이 내게 묻기 시작한다. 무엇을 찍을 거냐고. 나는 늘 그 차가운 물음에서 시작한다. 내가 카메라를 들고 바라보는 세상은 늘 그렇게 나에게 물었었다. 나는 그 막막한 물음을 지고 풍경 속으로 들어간다.

도량에 들어서면 웅장한 지붕들이 먼저 눈에 들어온다. 산사의 지붕

들은 비가 올 때도 좋고, 눈이 올 때도 좋다. 비를 맞을 땐 마음을 다 보여주는 듯해서 좋고, 눈을 맞고 있을 땐 변치 않을 것 같아서 좋다. 어쩌다 아침 안개를 덮고 있을 땐 금방 날아오를 것 같다. 그 땐 전각들이 나뭇가지에 올라앉은 새들처럼 보인다. 산사의 마당엔 늘 석탑이 서 있다. 산사의 석탑은 '시간'이다. 허공으로 부서져가는 모래시계. 산사의 시간은 그 모래시계로 가고 있다. 석탑을 바라보고 있으면 석탑이 완전히 바람 속으로 사라져버리기 전에 우리는 무언가를 해야 할 것만 같은 생각을 하게 된다. 그래서 산사엔 석탑이 있는지도 모르겠다. 시간의 뿌리가 묻힌 산사의 흙은 바다를 닮았고 강물을 닮았다. 중생의 마음을 담아내고 중생의 발길이 흘러간다. 그리고 산사에서 빼놓을 수 없는 것이 종소리다. 인간의 언어도 아니고 자연의 언어도 아닌 산사의 언어. 자음도 없고 모음도 없이 은은하게 부서지는 그 언어 앞에서 마음은 평화를 찾기도 하고, 용서를 하기도 하고, 힘든 고백을 마음먹기도 한다. 도량의 이곳저곳을 걷다보면 힘든 시간이 온다. 찍고 싶어도 찍을 수 없는 것들과 만나게 된다. 부도에서 지워진 불명(佛名)들. 찾을 수 없는 석탑의 조각들. 세월을 따라간 단청들. 어딘가에 있을 선지식의 아픔들. 노을보다 붉은 종루의 종소리. 바람을 가진 처마 끝의 풍경(風磬). 숲에서 보았던 새들의 하늘까지. 셔터만으로는 찍을 수 없는 것들이 눈앞에 다가온다. 카메라를 들고 바라보는 세상이 쉽지 않은 것은 바로 찍을 수 없는 것들이 눈에 들어온다는 것이다.

　나는 잠시 카메라를 내려놓고 법당에 들어간다. 대웅전, 극락전, 설법전…. 한 겹 창호에 가려진 저편으로 들면 1초의 망설임도 없이 무릎을 끓을 수 있다. 그곳에 가면 그렇게 무릎을 꿇을 수 있어서 좋다. 무릎을 꿇을 수 있는 시간이 주어진 것이다. 나의 가장 깊은 우수와 만나는 시간이다. 언제부턴가 나는 무릎을 꿇으러 산사에 가고 있었는지도 모른다. 수많은 사진가들이 카메라를 들고 세상을 바라본다. 나도 그들 중 하나다. 수많은 화가는 붓을 들고 세상을 바라보고 있고, 수많은 작가들은 펜을 들고 세상을 바라보고 있다. 카메라를 들고 바라보는 세상엔 셔터만으로는 찍을 수 없는 세상이 있었다. 붓을 들고 바라보는 세상도, 펜을 들고 바라보는 세상도 모두 그런 것이 아닐까. 붓만으로는 그릴 수 없고 펜만으로는 쓸 수 없는 세상. 그것이 우리들이 던져져 살아가는 '세상'이 아닐까. 그래서 그 아득한 시절로부터 절이 지어지고, 또 아득한 시간 후에도 절은 중생과 부처 사이에 남아 있는 것이 아닐까.

산사를 뒤로 하고 다시 숲길에 들어서면 천 년 전의 길은 천 년 후의 길이 되어 있다. 나는 다시 산사에 가야 한다. 찍지 못하고 돌아온 것들과 다시 만나기 위해 다시 산사의 숲길을 걸어야 한다. 어제 못한 일이 있어 오늘이 있는 것처럼, 나에게 산사는 어제 다하지 못한 오늘이다. 다시 산사에 가는 날을 기다린다.

일신수필(馹迅隨筆)

— 마흔 여섯에 읽은 『열하일기』

　　다니고 있는 회사엔 책이 꽤 있는 편이다. 언론사이기 때문이다. 거의 매일 출판사들로부터 신간이 배달되어 온다. 보도를 의뢰하는 책들이다. 몇 해 전에 회사는 큰 변화를 겪었다. 아픈 시절이었다. 사옥을 정리하고, 남을 사람과 떠날 사람을 나누었다. 결국 많은 사람들이 회사를 떠났다. 그 때, 사옥과 사람들이 정리될 때 정리된 것이 또 있었다. 가지고 있던 많은 책들이다. 사람은 회계서류의 마지막 숫자에 맞춰 남겨졌고, 책들은 작아진 사무실의 면적에 맞춰 남겨졌다. 슬픈 시간이었다. 하지만 많은 책들이 없어진 것을 슬퍼한 사람은 없었다. 물론 나도 그랬다. '내'가 없어지느냐 마느냐의 시절이었다. 책을 내다버린 일쯤은 누구의 기억에도 남지 않았다. 그 때 나는 버려지는 책들 중에서 몇 권의 책을 집어왔었다. 그리고 그 책들은 집 책꽂이에 꽂혔다. 하지만

공으로 생긴 것이어서 그랬는지 책은 책꽂이에 꽂힌 채 잊히고 말았다.

작년 가을이었다. 집에서 기사를 쓰고 있었다. 글이 잘 되지 않아 이 책 저 책 건드리다가 그 때 집어온 책 한 권에 눈이 가서 꺼내 보게 되었다. 책은 연암 박지원(1737~1805)의 『열하일기』였다. '포토 에세이'를 연재하고 있을 때였다. 마감 시간이 다가오는, 조금은 막막한 시간이었다. 사진을 골라놓고 글을 시작하지 못하고 있었는데, 지푸라기 잡는 심정으로 잡은 책이 사람을 살렸다. 덕분에 기사를 쓸 수 있었다. 우연히 잡은 책 속에서 실마리를 찾았다. 책은 계속 책장을 넘기게 했다. 『열하일기』는 연암의 중국 기행문이다. 연암은 1780년 청나라 건륭 황제의 70회 생일을 축하하는 사절단에 끼여 중국을 다녀온다. 그는 북경과 열하 지방을 둘러보고 돌아와 『열하일기』라는 기념비적인 저술을 내놓는다. 책은 초고가 완성되기 전부터 전사되는 등 큰 반향을 일으켰다. 긍정과 부정, 극단의 평가가 엇갈렸다. 청나라 연호 건륭을 썼다는 이유만으로 헐뜯고 비방했던 사람들이 있었는가 하면, 그 글체의 매력에 빠져 문체를 모방할 정도로 환영한 사람들도 많았다. 그럼에도 불구하고 『열하일기』에 대한 그 당시의 분위기는 결국 부정적인 쪽으로 기울었다. 그리고 책은 근대에 이르기까지 불온서적으로 봉인된다. 근대에 들어 봉인을 푼 『열하일기』는 1911년에 와서야 활자로 간행되며, 500편이 넘는 중국 기행문 중에서 백미로 평가받게 된다. 조선시대, 중국 기행문 500여 편 중의 하나인 『열하일기』가 뒤늦게 평가받은 이유는 새로운 문체, 작가로서의 역량, 창작의 방법 등 여러 가지가 있지만 독자로서 한 가지 보탠다면 사유하며 썼다는 것이다. "매양 말고삐를 잡고 안장에 앉은 채 졸아가면서 이리저리 생각을 풀어냈다. 무려 수십만 마디의 말이 가슴 속에서 문자로 쓰지 못하는 글자를 쓰고, 허공에는 소리가 없는 문장을 썼으니, 매일 여러 권이나 되었다."고 말하는 그의 고백을 들으면 더욱 그렇다는 생각이 든다. 중학교인지 고등학교인지, 국사 교과서에서 마지막으로 보았을 '연암 박지원의 『열하일기』', 아마도 빨간 밑줄 위에 위태롭게 세워두었을 그 이름과 제목은 대학입시를 치르고 나서 바로 잊었을 것이다. 그리고 마흔여섯의 어느 가을밤에 나는 『열하일기』를 읽었다.

"아하! 공자는 노나라 240년의 사적을 책으로 만들고 『춘추(春秋)』라고 이름을 지었다. 240년 동안의 사적도 단지 한 번 봄(春)에 꽃이 피고, 가을(秋)에 낙엽 지는 덧없는 인생의 짧은 시간에 지나지 않을 것이다. 아아, 슬프다! 내가 지금 빠르게 글을 써 나가다가 여기에 이르자 이런 생각이 든다. 먹을 한 점 찍는 시간은 눈 한 번 깜빡, 숨 한 번 쉬는 것에 지나지 않는다. 눈 한 번 깜빡, 숨 한 번 쉬는 시간이 문득 '작은 옛날(小古)'과 '작은 오늘(小今)'을 이루니, '큰 옛날(大古)'과 '큰 오늘(大今)'이라는 것도 역시 크게 눈 한 번 깜빡이고 크게 숨 한 번 쉬는 시간이라 말할 수 있을 것이다. 그런데도 그 사이에 이름을 내고 공로를 세우겠다고 하니, 서글픈 일이 아니랴."

『열하일기』 중에서 「일신수필(馹汛隨筆)」의 서문 부분이다. 1780년 7월 15일부터 23일까지 신광녕에서 산해관까지 562리의 길에서 보고 들은 것에 대해 쓴 글이다. 그날 밤 나는 「일신수필」의 서문에 나오는 공자의

'춘추' 부분을 빌려 포토 에세이를 썼다. 「일신수필」, 빠르게 달리는 역말 위에서 쓴 수필이란 뜻이다. 조금 더 풀어본다면 말을 타고 달리면서 보고 들은 것들을 말 위에서 써버렸다는 것인데, 글이야 말에서 내려서 썼겠지만 그 글이 만들어지기까지의 글은 이미 말 위에서 만들어졌다는 뜻이며, 그 뜻은 대충 썼다는 의미가 아니라 그의 고백대로 가슴 속에서 쓴 문자 아닌 글과 허공에서 쓴 소리 없는 문장이 만들어낸 수필이란 뜻이다.

"지금 청나라가 가지고 있는 성곽이란 진 시황의 만리장성의 나머지요, 궁실은 아방궁(阿房宮)의 찌꺼기이다. 백성은 위나라 진나라의 부화한 기풍을 받았고, 풍속은 대업(大業: 수나라의 연호)과 천보(天寶: 당나라의 연호) 연간의 사치를 그대로 본뜨고 있다."

조선의 문장 연암은 그렇게 달리는 말 위에서 '중국'을 썼다. 그리고 그 중 9일 동안의 일기에는 「일신수필」이란 작은 제목을 붙였다. 풀벌레 소리가 파도처럼 창가를 들락거리는 가을밤을 앞에 놓고도 나는 열 줄의 글을 쓰지 못하고 있었다. 스승이 없던 밤. 조선의 문장이 붙여 놓은 작은 제목 하나는 과거가 아닌 미래에서 온 새로운 언어였고, 새로운 생각이었다. 연암의 사유만이 쓸 수 있었던 「일신수필」, 그 네 글자가 만들어내는 의미 또한 나에게는 끝내 알 수 없었을 수도 있었던 미지에서 온 단어였다. 연암은 왜 그 제목을 붙였을까. 우리 인생이 달리는 말 위에서 쓰고 있는 수필이라고 말하려 한 것은 아닐까.

책을 덮고 나니 그 시절이 떠올랐다. 책을 버리던 시절. 책이 아직 그 시절을 쥐고 있었다. 세월은 사라졌지만 '시절'은 그렇지 않았다. 그 시절을 기억하고 있는 것이 있는 한 '시절'은 사라지지 않는 다는 것을 알았다. 마흔여섯의 어느 가을밤에 읽은 책 한 권은 열 줄의 글을 쓰게 했다. 그리고 그 책 속에는 잊지 못할 작은 제목이 있었다. 한 장 한 장 읽어가야 하는 책은 하루하루 살아가야 하는 인생과 닮았다. 한 권의 책이 있기까지 작은 제목들이 있듯이 우리의 인생에도 작은 제목들이 있다. 그 제목은 사라지지 않는 시절 앞에 붙어 있다. 버려진 책 속에, 다시 주워온 책 속에 그 시절의 제목이 있었다.

어머니의 관세음보살

　　초등학교 5학년 1학기가 끝나는 여름방학식 날이었다. 종례 시간에 선생님은 한 명 한 명 이름을 부르며 성적표를 나눠주었다. 나의 성적표엔 '수'가 없었다. '우' 몇 개와 '미' 몇 개, 그리고 없던 '양'도 하나 보였다. 그동안의 성적표도 크게 다를 것이 없었지만 그날의 성적은 너무 초라했고, 부모님께 죄송한 마음이 들었다. 왠지 어머니의 얼굴이 떠올랐다. 지금 생각해보면 자식에게 부모란 돌아서 갈 수 없는, 어떤 '길목' 같다. 존재 자체가 들고 있는 회초리인 것이다. 집으로 가는 발걸음은 너무나 무거웠다. 태어나서 처음으로 '고민'이란 걸 했던 것 같다.

　　나는 성적표를 고치기로 마음먹었다. '우' 몇 개를 '수' 몇 개로 고쳤다. 그 때는 그럴 수 있었다. 작게 써진 '우'의 'ㅇ' 위에 'ㅅ'을 얹어 '수'를 만들었다. 어머니에게 성적표를 내밀었을 때, 가슴은 터질 것 같았고 어머니의 얼굴을 제대로 바라볼 수 없었다. 성적표를 훑어보신 어머니는 칭찬도 꾸중도 없는 얼굴로 "'양'은 없었잖아…." 하셨다. 그런대로 용서의 범위에 들어간 것 같았다. 저녁을 먹는 자리에서 어머니는 아버지한테 성적표를 보였다. "없던 '양'이 있네." 아버지도 그 한 말씀으로 성적표를 접었다. "쫌 더 정신 차리고 해."

잠이 오질 않았다. 무사히 넘어간 줄 알았는데, 그렇지 않았다. 성적표를 받았을 때 보다 더 많은 걱정이 나를 괴롭혔다. 지옥이었다. 성적표를 받았을 때로 돌아가고 싶어졌다. 열어놓은 창문 너머에서 풀벌레가 울었다. 나는 울었다. 그리고 울먹이는 목소리로 난생 처음 관세음보살을 불렀다. "관세음보살." 나도 모르게 평소 어머니가 하시던 대로 관세음보살을 불렀다. 무슨 뜻인지도 모르면서 그저 불렀다. 그 밤에 내가 기댈 것은 뜻도 모르는 어머니의 '관세음보살'뿐이었다.

어머니에겐 공책이 한 권 있었다. 그 공책은 바를 '正'자를 써나가는 공책이었는데, '正'자 한 획은 관세음보살 108번이었다. 관세음보살을 부르며 긴 염주를 한 바퀴 돌리고 나면 어머니는 바를 '正'자 한 획을 쓰셨다. 그렇게 해서 씌어진 '正'가 공책에 빽빽했었다. 어머니는 힘든 일이 있거나 걱정거리가 있을 때 특히 正'자를 많이 쓰셨던 것 같다. 나는 그 때 관세음보살은 힘든 일이 있을 때 찾는 것이라고 생각했었던 것 같다. 나는 새벽 늦게까지 관세음보살을 부르다 잠이 들었다.

다음날, 하루는 너무나 길었다. 어머니는 여느 때처럼 공책을 펴놓으시고 염주를 돌리며 관세음보살 정근을 하고 계셨다. 다시 밤이 오고, 다시 잠은 오질 않았다. 또 새벽 늦게까지 관세음보살을 부르다 잠이 들었다. 그렇게 며칠을 보냈다. 지옥이었다. 일주일쯤 되었을 때였다. 여름방학을 이렇게 계속 보낼 수는 없다는 생각이 들었다. 모두 잠이 들었을 때, 나는 일어나 앉아 한참을 생각했다. 지옥에서 나가고 싶었다. 나는 책상서랍에서 성적표를 꺼내 들고 조용히 안방 문을 열었다. 주무시는 어머니 곁으로 다가가 앉았다. 잠든 어머니를 한참 동안 바라보았다. 눈물이 흘렀다. 한참을 혼자 울었다. 소리도 내지 못하고 어두운 방에서 나는 울었다. 그토록 무섭고 두려운 밤은 없었다. 한참을 울고 있을 때, 뒤척이던 어머니가 나를 보셨다. 어둠 속에서 나와 눈이 마주친 어머니는 일어나 앉아 아무 말 없이 나를 바라보셨다. 어머니는 울고 있는 나의 손을 잡고 조용히 밖으로 나왔다. 내 손에 들려진 성적표를 본 어머니는 내 손을 다시 꼭 잡고 나를 보았다. 나는 말없는 눈과 눈이, 마주 잡은 손과 손이 그렇게 많은 말을 할 수 있는지 그 때 알았다.

"엄마…"

어머니는 당신의 눈물로 아들의 눈물을 닦으며 말했다.

"알았다. 아침에 얘기하자."

나는 지옥에서 나올 수 있었다.

다음날, 아침상을 물리고 어머니와 앉았다.

"관세음보살."

어머니는 나를 그렇게 불렀고 나는 목멘 소리로 말했다.

"죄송해요. 잘못했어요. 이제 안 그럴게요."

"그래, 알았다."

성적표를 손에 들고 계시던 어머니가 다시 말했다.

"성적표가 조금 이상하다 생각했었다. 방학식 다음날 엄마가 학교에 다녀왔었다."

어머니는 알고 계셨던 것이다. 나는 놀랄 수밖에 없었다.

"엄마도 며칠 못 잤다."

어머니도 며칠 동안 지옥에 계셨던 것이다. 일주일 동안 어머니의 공책에 바를 '正'자가 꽤 많이 늘었다는 것을 나중에 알았다.

"그래도 다행이다. 네가 먼저 얘기해줘서. 엄마의 걱정은 네가 끝내 이야기하지 않는 것이었다. 그러지 않아주길 바라면서 며칠 밤을 보냈다. 이제 네가 먼저 이야기했으니 엄마는 괜찮다. 선생님도 따로 말씀하지 않으실 거다."

나는 그날 밤 잠자리에 누워 눈물로 관세음보살을 불렀다. 20여 년이 흐른 뒤, 불교계 신문사에 근무하게 되면서 관세음보살의 의미를 알게 됐다. 그리고 그 의미를 알았을 때 다시 놀랄 수밖에 없었다. 관세음보살은 듣고 계셨던 것이다. 그 때 어머니와 나는 한 마음으로 관세음보살을 찾았고, 어머니와 나는 지옥에서 나올 수 있었다. "관세음보살."

아버지

 첫 제사다. 동생이 술잔에 술을 채웠다. 술잔이 향 연기를 넘어
갔다. 아버지는 향 너머에 계셨다. 하지만 아버지는 아직 '삶' 쪽에 가까
웠다. 기억의 윤곽들이 아직 선명했다. 한 순간의 죽음이 한 사람의 삶
을 완전히 지우지는 못했다. 특히 자식에게 부모의 '존재'와 '부재'는 살
아있음과 죽어 없음으로 간단히 치환되는 것이 아니었다. 서로의 삶이
서로의 삶을 포함하고 있기 때문이다.

내가 먼저 절을 올렸다. 내가 절을 마치자 동생이 잔을 거둬왔다. 다
시 동생이 술잔에 술을 채웠다. 다시 향 연기 위로 술잔이 넘어갔다. 조
그만 제사상 안에 두 개의 세상이 있었다. 술잔만이 넘어 다닐 수 있었
다. 멀었던, 아버지. 죽음이 삶을 더 분명하게 짚어줬다. 오늘 같은 날
엔. 아내와 자식보다는 본인의 삶에 훨씬 더 집중했던 남편과 아버지.

남편보다는 남자로서의 인생이, 아버지의 자리보다는 흔들리지 않는 자존심의 '나'가 우선이었던. 시대가 눈감아준 일탈들. 덕분에 끝까지 남편일 수 있었고, 아버지일 수 있었던 삶. 아버지의 삶에서 떠오르는 문장들이 아버지를 확실하게 기억하고 있었다. 어려서는 무섭기만 했던 아버지. 끝까지 무섭기라도 했다면 차라리 좋았을 것. 무서웠던 시절은 차라리 찬란했다. 더 이상 무섭지 않은 아버지. 그 때부터 아버지는 먼 사람이었고, 그 때부터 가족들은 힘들었다. 죄인은 아니었지만 충분하지 않았던 게 슬픔의 뿌리였다. 아버지의 자리보다 자신의 자존심을 더 걱정했던 가장은 경제적 빈곤을 명쾌하게 해결하지 못했고, 남편보다는 남자로서의 인생에 집중했던 가장은 가정의 윤리와 질서에 관여하지 못하게 됐다.

동생과 함께 절을 올렸다. 절을 마치고 다시 동생이 잔을 거둬왔다. 나와 열 살 넘게 나이 차이가 나는 동생은 어릴 적에 나에게 매를 맞았고, 내 앞에서 울었다. 아버지에게 매를 맞지 못했고, 아버지 앞에서 울어보지 못했다.

어머니가 국을 물리고 냉수에 젯메를 말며 말했다. "내년 제사 땐 아버지 사진 좀 바꿔야겠다." 시대가 눈감아준 사람을 어머니가 어쩔 것인가. 어머니는 '단념'이었다. 단념으로 사는 삶은 함께 서 있는 사람들을 힘들게 했다. 외로운 사람을 바라보는 일이 얼마나 어려운 일인지 그 때 알았다. 침묵의 말들을 알아들어야 했고, 보이지 않는 어머니를 늘 보고 있어야 했다. 어머니를 바라보는 일도 아버지를 바라보는 일 못지않게 힘들었다.

마지막 절을 올렸다. 아버지는 향 너머에 계셨다. 그리고 그를 사랑하지 못했던 가족들은 그가 남긴 밥을 먹기 위해 모여 앉았다. 어머니가 음복을 했다. 어머니는 술잔을 당신 앞으로 당겨 놓고 세 번에 나눠 잔을 비웠다. 잔을 비운 어머니가 아버지의 사진을 챙기며 다시 말했다. "아버지 사진 바꿔야겠다." 돌아가셨을 때 급하게 만든 영정이었다. 말년의 모습이라 싫으신 것 같다. 말년의 아버지는 하루하루 부서지고 있었다. 어머니는 그 때의 아버지 모습이 그 사진에서 떠오르는 것 같았다. 당뇨라는 병은 사람을 나뭇잎처럼 갉았다. 돌아가시기 며칠 전 새벽이었다. 타들어가는 목소리가 나를 불렀다. "병원 좀 가야겠다." 아버지는 이미 많은 합병증으로 픽픽 쓰러지고 있었다. "왜 그러세요?" "소변을 볼 수가 없다. 병원에 가야겠다. 너무 힘들다." 소변을 빼내고 병원 침대에 누워 계시던 아버지가 말했다. "미안하다." 나는 그 미안하다는 말에는 아무런 대답도 하지 않았다. 아버지가 자식에게 병원에 가자고 한 일이 미안할 일인가. 자식 앞에서 아픈 몸이 미안할 일인가. 나의 아버지는 나에게 미안하다고 했다. "가세요." 나는 집에 돌아와 아버지의 방문을 닫으며 후회했다. 유언처럼 들리던 그 '미안하다'는 말에 아무런 대답도 하지 않았던 것이 후회스러웠다. 그러고 나서 아버지는 며칠 못 사셨다. 가을이 시작될 때 가셨다. 첫 번째 제사를 모셨다. 나도 열일곱 살 딸을 둔 아버지다. 나도 남편보다는 남자로서의 인생이 더 걱정될 때가 있다. 아버지의 자리보다는 알량한 자존심이 지켜주는 '나'의 자리에 더 집중하고 싶을 때가 있다. 딸아이의 자아가 쑥쑥 자라는 것을 볼 때, 나는 두렵다. 내가 꾸린 가정의 윤리와 질서에 관여할 수 없는 날이 올까봐 두렵다.

"형, 갈게요." 동생 내외가 일어섰다. 내년 제사엔 아버지 사진을 다른 사진으로 바꿔야 할 것 같다. 나는 아버지가 돌아가신 후 나의 기침소리가 아버지와 닮았음을 알았다. 나는 아버지가 돌아가신 후 나의 두상이 아버지와 닮았음을 알았다. '아버지'로 사는 것은 두려운 일이다.

중년(中年)

'만 번을 흔들려도 견뎌야 하는 시간, 중년.' 어느 날 아침, 회사에서 신문을 넘기다 제목 한 줄에 붙들렸다. 1995년에 개봉했던 영화 〈매디슨 카운티의 다리〉를 소재로 한 칼럼이었다. 영화는 내셔널지오그래픽의 사진작가인 중년의 남자 로버트 킨케이드(클린트 이스트우드)와 미국 매디슨 카운티에서 평범한 농부의 아내로 살고 있는 프란체스카(메릴 스트립)의 4일 동안의 러브스토리다. '내셔널지오그래픽의 사진작가'라는 일은 나 역시 꿈꿨던 일이라서 원작인 소설이 출간됐을 때 읽어보고 싶었던 작품이었다. 하지만 원작을 읽지 못했고, 나중에 영화를 봤다.

18년 전에 보았던 영화가 조금씩 생각났다. 느닷없이 다가온 해일 같은 사랑, 로버트와 프란체스카는 4일 동안 뜨거운 사랑을 나눈다. 하지만 프란체스카에게는 불륜이며 이혼남인 로버트에게도 '윤리'는 아니다. 내일이면 여행을 떠났던 프란체스카의 남편과 아이들이 돌아온다. 밤은 깊어가고 로버트와 프란체스카는 서로 운명이라고 느끼는 사랑 앞에서 갈등하고 절규한다. 로버트는 프란체스카에게 함께 떠나자고 말한다. 로버트와 함께 떠나기로 마음먹었던 프란체스카가 흔들리는 촛불 앞에서 말한다. "이런 사랑이 내게 일어날 줄은 정말 몰랐어요. 평생을 바치고 싶어요. 당신을 영원히 사랑하면서, 하지만… 새 삶을 위해 모든 걸 버릴 수가 없어요. 그냥 이 마음속에 우리를 영원히 남기고 싶어요. 날 도와주세요." 울고만 있는 프란체스카를 안아주며 로버트가 말한다. "우릴 버리지 마요. 그 생각이 틀린 건지도 모르오. 며칠 더 마을에 묵을 테니 나중에 얘기해도 돼요. 지금 작별 인사를 하긴 싫소." 뜨겁게 입을 맞추고 돌아서던 로버트가 다시 말한다. "애매함으로 둘러싸인 우주 속에서 이렇게 확실한 감정은 일생에 단 한 번만 오는 거요. 몇 번을 살더라도, 다시는 오지 않을 거요." 로버트의 트럭이 깊은 어둠 속으로 사라지고 프란체스카는 그 어둠을 바라보며 절규한다. 다음 날, 프란체스카의 남편과 아이들이 돌아오고 프란체스카의 일상은 예전으로 돌아가지만 그녀의 영혼은 이미 로버트의 것이었다. 생활은 제자리를 찾았지만 삶은 바뀌어 있었다. 영혼의 결정은 그런 것이었다. '흔들린다는 것'의 시작이었다. 영혼의 결정이 인간을, 중년을 흔드는 것이다. 사랑뿐일까. 우리를 흔드는 영혼의 결정이. 아침에 눈을 뜨는 순간부터 우리는 영혼과 다른 길을 가야 한다. 집을 나서는 순간부터 흔들려야 한다. 타협할 수 없는 것들 앞에서, 인정할 수 없는 것들 앞에서,

지켜야 하는 것들 앞에서, 이룰 수 없는 것들 앞에서, 감당할 수 없는 것들 앞에서, 우리는.

　매디슨 카운티에 장대비가 쏟아진다. 남편과 함께 시내에 나갔던 프란체스카는 남편의 트럭에 앉아 빗속에서 자신을 바라보고 있는 로버트를 보게 된다. 빗속에 서 있는 로버트가 간절한 눈빛으로 프란체스카를 부른다. 프란체스카의 두 눈에 눈물이 차오른다. 매디슨 카운티를 떠나는 로버트. 프란체스카는 남편의 시선을 피해 로버트의 트럭을 바라보며 터지는 눈물을 삼킨다. 사거리 신호등 아래서 비를 맞고 서 있는 로버트의 트럭 뒤로 프란체스카의 트럭이 다가가 선다. 로버트는 프란체스카가 선물로 준 목걸이를 차 앞 유리 거울에 걸어 보인다. 프란체스카의 목걸이가 흔들리며 마지막으로 프란체스카를 부른다. 신호등의 불빛이 녹색으로 바뀐다. 하지만 움직이지 않는 로버트의 트럭. 프란체스카의 남편이 말한다. "뭘 기다리는 거야?" 그 때 프란체스카의 손이 차 문의 손잡이를 당기려 한다. 하지만 프란체스카의 손은 쉽게 문을 열지 못한다. 그 때 그녀의 남편이 경적을 울린다. 로버트는 왼쪽 깜빡이를 켠다. 작별 인사다. 왼쪽 등을 깜빡이며 로버트의 트럭이 왼쪽 길로 사라진다. 고개를 돌려 끝까지 로버트의 트럭을 바라보던 프란체스카가 잡았던 손잡이를 놓으며 삼키던 눈물을 쏟는다. 더 이상 남편의 시선을 속일 수 없다. 울고 있는 프란체스카를 본 남편이 이유를 묻자 그녀는 말한다. "그냥 좀 울고 싶어요. 그냥…" 프란체스카는 두 손으로 얼굴을 감싸 안고 눈물을 쏟는다.

두 사람은 세상을 떠나고 나서야 만난다. 둘은 그들의 사랑이 시작된 로즈먼 다리에 뿌려진다. 두 사람은 견딘 것이다. 4일 동안 흔들렸고 평생을 견딘 것이다. 견딘다는 것은 그런 것이었다. 영혼의 결정을 잊지 않는 것. 우리의 시간이 견뎌야 하는 것은 영혼의 결정을 잊지 않는 것이다.

영화는 가슴에 남아 있었다. 그리고 마흔여덟의 어느 날, 서른 살에 보았던 영화는 열여섯 글자의 문장으로 돌아와 나를 붙들었다. 나는 길을 걷다 돌부리에 걸려 넘어진 사람처럼 신문 한 구석에 솟은 제목 한 줄에 걸려 넘어졌다. '만 번을 흔들려도', '견뎌야 하는 시간', '중년.' 나는 조간신문에 실린 한 줄짜리 제목 앞에서 움직일 수 없었다. 서른 살에 보았던 영화 한 편 속에는 잔인한 문장이 숨겨져 있었고, 그 잔인한 문장은 나를 불러 세웠다. 내가 열여섯 자의 제목에 꼼짝없이 붙들린 것은 그 문장이 나의 시간을 정확히 설명하고 있었기 때문이다. 이미 나도 같은 문장을 품고 살고 있었던 것이다. 신문에 실린 제목 한 줄이 그 사실을 확인시켜 주었고, 그 순간 나는 움직일 수 없었던 것이다. 나는 한 동안 기사를 읽지 못하고 제목만 바라보고 있었다. 마흔여덟에 읽은 열여섯 자의 문장은 서른에 보았던 135분짜리 영화 한 편보다 더 긴 시간 나를 붙들어 놓았다.

이틀의 지방출장이 잡혀 있었던 나는 카메라와 취재수첩을 챙겨 회사를 나왔다. 빽빽하게 도로 위에 서 있는 차들 사이로 차를 밀어 넣고 신호를 기다렸다. 차는 회사 근처에 있는 대형서점 앞에 서게 됐다. 그 때 나는 문득 읽지 못했던 영화 〈매디슨…〉의 원작이 생각났다. 서점으로 차를 몰았다. 책이 있을까. 검색대에 〈매디슨…〉을 입력했다. 책은 있었다. 서고의 위치를 확인하고 책을 찾았다. 계산대에 책을 올려놓았을 때였다. 앞서 계산을 마친 중년의 여자가 돌아서며 말했다. "어머, 이 책이 아직도 나오네요." 그녀는 구입한 책들을 챙기며 나에게 말했다. "영화 보셨어요?" 그녀에게도 가슴에 남았던 영화인 모양이다. 물음표의 모양이 그랬다. "네." 조금 당황스러워하는 나의 대답에 그녀는 빙긋이 웃으며 계산대를 나갔다. 나는 간단히 식사를 하고 출발하기로 했다. 지하 식당에서 음식을 주문하고 자리를 잡았다. 알림진동판이 울리기를 기다리는 동안 책을 열었다. '로버트 킨케이드'로 소설이 시작된다. "1965년 8월 8일 아침, 워싱턴 주의 벨링햄. 로버트 킨케이드는… 그는 사진 촬영 도구가 가득 든 배낭과…" 영화와는 구성이 조금 달랐다. 셋 쪽 정도를 읽었을 때 알림진동판이 울렸다. 주문한 음식을 받으러 계산대로 갔을 때였다. 도서계산대에서 만났던 여자가 음식을 주문하고 있었다. 나를 알아본 그녀가 다시 빙긋이 웃으며 말했다. "소설도 좋아요." 40대 후반, 나와 비슷해 보였다. 식사를 마치고 다시 도로에 들어섰다. 서점에서 만난 여자가 생각났다. 그녀도 신문의 제목을 보았을까. 보았다면 나처럼 그 제목에 걸려 움직이지 못했을까. 그날 그 신문의 제목을 본 중년들은 모두 그 제목에 붙들렸을 것이다. 중년, 견디지 못한다면 용서 받지 못하는 시간. 나는 그런 시간을 살고 있었다.

적선(積善)

　'노숙자'를 취재한 적이 있다. 사진기자였던 나는 취재기자와 함께 하룻밤 동안 그들을 취재했다. 어두워진 12월의 거리는 추웠다. 세상이 '노숙자'라고 부르는 그들의 모습은 저녁이 되면서 확연히 구별되기 시작했다. 거리는 점점 어두워지고 차가워졌다. 그들은 좀 더 따뜻한 곳을 찾아 대기가 움직이듯 앞사람의 그림자를 따라갔다. 12월의 저녁은 누구에게나 추운 시간이지만 그들의 추위는 또 다른 추위였다. 그들이 몸을 떨며 서 있는 자리는 온도계의 수은주가 멈춘 자리가 아니었다. 그들이 거리로 나오기 전의 기억이 멈춰선 자리였다. 그들의 추위가 또 다르게 보이는 것은 그것 때문이었다. 그들의 뒷모습이 뿜어내는 하얀 입김은 낯선 신화처럼 읽혔고, 차가운 땅을 딛고 선 그들의 두 발은 해시계에서 떨어진 그림자 같았다.

겨울이라는 시간은 늘 세상을 그렇게 극명하게 그렸던 것 같다. 부유와 빈곤, 희망과 절망, 행복과 불행 등 인간이 짊어지고 있는 대칭의 간격들을 확실하게 대비시켰다. 부유는 더욱 부유해 보이고, 빈곤은 더욱 빈곤해 보이는 시간. 희망은 더욱 희망적이게, 절망은 더욱 절망적이게. 행복과 불행의 간격이 더욱 적나라해지는 시간. 겨울.

　좀 더 따뜻한 곳을 찾아 헤매는 그들을 보면서 생각했다. 그들에게 '따뜻한 곳'이 있을 수 있을까. 처음엔 그들이 따뜻한 곳을 찾아 헤맨다고 생각했다. 하지만 나중엔 그들이 찾고 있는 곳이 '따뜻한 곳'이 아니라 '숨을 곳'이 아닐까 생각했다. 추위로부터 도망칠 수 있는 곳, 거리의 나로부터 도망쳐 숨을 수 있는 곳. 숨을 곳을 찾아낸 이들은 미련 없이 그 자리에 누웠다. 그리고 그들은 더 이상 세상을 바라보지 않았다. 세상도 그들을 바라보지 않았다. 세상을 바라보지 않는 하루하루, 세상이 바라보지 않는 하루하루는 '삶'이 되질 못했다. 그들이 세상으로부터 확연히 구별되는 것은 바로 그것이었다. 삶이 되지 못하는 '하루하루' 속에 서 있다는 것.

　잠든 그들의 숨소리가 차가운 밤을 채워갔다. 그들의 숨소리는 편안히 눕지 못했다. 쓰러진 자신의 몸뚱이를 내려다보며 서 있었다. 잠을 이루지 못한 이들은 한편에서 술을 마셨다. 가문 땅에 비를 뿌리듯 그들은 고단한 몸에 술을 부었다. '위로'였다. 그들은 아침을 위해 잠을 자고, 영혼을 달래기 위해 술을 마시는 것이 아니라 세상을 더 이상 바라보지 않기 위해 눈을 감고, 가뭄의 논바닥처럼 갈라진 몸뚱이를 적시기 위해 술을 부었다.

12월의 아침은 역시 추웠다. 그들에게 '삶'이 되지 못하는 하루가 또 다시 그들을 일으켜 세웠다. 날이 밝아져도 그들의 모습은 세상으로부터 확연히 구별되었다. 잠에서 깬 이들은 무료급식소의 하얀 밥 연기를 향해 걸었다. 누구에게나 허기는 급한 일이지만 그들의 허기는 역시 좀 더 다급한 것이었다. 그들의 허기는 그들이 거리로 나오기 전의 '허기'가 아니었기 때문이다. 언제든 해결할 수 있는 허기가 아니라 언제 해결될지 모르는 문제적 허기였다. 밥 연기를 향해 서 있는 그들에게 한 끼의 밥은 종교였고, 식사는 의식이었다. 밥이 부처님이고 하나님이었다. 그들은 밤새 술을 부었던 몸뚱이에 뜨거운 밥과 국을 부었다. 식판을 경전처럼 들고 있는 그들을 보면서 생각했다. 그들이 추운 눈으로 바라본 것이 밥 연기였을까. 그들이 바라본 밥 연기는 그들이 거리로 나오기 전, 그 기억의 끝을 바라보는 것이 아닐까 하는 생각이 들었다. 그들은 매일 저녁 찾아야 하는 잠자리에서, 매일 아침 바라봐야 하는 밥 연기에서 끊어진 기억의 마지막과 만나는 것이다. 그 만남이 만들어내는 것이 그들의 그늘이고, 그들이 짊어지게 된 힘겨움일 것이리라.

취재기자와 나는 그 간단치 않은 힘겨운 세상을 작은 취재수첩 한 장에 옮겨 적어야 했고, 사진 한 장으로 설명해야 했다. 쉽지 않은 일이었다. 새벽까지 취재를 하고 돌아오는 아침, 지하철 역사 출구 계단에서 무릎을 꿇고 앉은 초로의 남자를 보았다. 그는 무릎 위에 머리를 숙이고 차가운 거리에 두 손을 펼쳐 놓고 있었다. 그 역시 지난 밤 자신의 끊어진 기억 끝에서 잠들었을 것이다. 그리고 고단한 하루가 또 그를

제2부 산사로 가는 길

일으켜 세웠을 것이다. 펼쳐놓은 그의 두 손 위엔 동전 몇 개가 놓여 있었다. 동전 역시 급식소의 밥 연기와 같은 것이리라. 급식소를 찾은 사람들이 줄을 서서 하얀 밥 연기를 바라보는 일이나, 무릎을 꿇고 동전 한 닢을 기다리는 일이나 모두 끊어진 기억의 끝을 바라보는 일일 것이다. 동전 한 닢을 기다리는 사람의 손에 놓인 동전 한 닢. 그 동전이 그의 손에 떨어지던 순간의 궤적을 우리는 적선(積善)이라고 하자. 한 끼의 식사를 기다리는 사람들의 손에 건넨 따뜻한 식판. 그 식판이 그들의 무릎에 놓이기까지의 흥분을 우리는 적선이라고 하자. 세상을 더 이상 바라보지 않는 사람들. 세상이 더 이상 바라보지 않는 사람들. 그들이 계속 그들의 마지막 기억을 바라볼 수 있기를 바라자. 그것을 적선이라고 하자.

텅 빈 운동장

　몇 해 전에 회사는 구조조정을 했다. 직원의 수가 반으로 줄고, 또 반으로 줄고, 또 반으로 줄었다. 자의로, 타의로. 남고, 떠났다. 사옥을 처분했고, 임대 빌딩으로 이사를 했다. 이사를 하고 난 후에도 구조조정은 계속됐다. 대대적인 구조조정을 단행한 회사는 다시 세밀한 구조조정에 들어갔다. 심각한 하루하루였다. 퇴근이 퇴근이 아니었고, 출근이 출근이 아니었다. 퇴근을 해도 마음은 회사에 있었고, 회사에 있으면 집에 있는 사람들이 생각났다.

　남고 싶은 사람과 남기고 싶은 사람의 문제가 부딪혔다. 그 때부터 회사는 숫자가 아니라 한 사람 한 사람을 저울 위에 달았고, 도마 위에 올렸다. 삼삼오오, 사람들은 바람에 뒹구는 낙엽처럼 모이고 흩어졌다. 등 뒤에서는 내일을 알 수 없는 이름들이 화살처럼 날아다녔고, 책상 위에는 무거운 한숨들이 쌓여갔다. '나' 밖에 없었다. '우리'는 사치였다. 어쩔 수 없었다. 어쩔 수 없는 시간이었다. 말없이 뿜어내는 서로의 담배연기를 바라보고, 꾸역꾸역 밥알을 넘기는 서로의 목젖을 바라보며 하루를 견뎌야 했다. 구조조정은 두 차례 퇴직 희망자를 받으며 꽤 오랫동안 진행됐다.

회사는 빌딩의 7층에 있었다. 내가 근무하는 방은 작은 별실이었고, 나를 포함해 세 명의 직원이 함께 근무했다. 빌딩의 한 쪽은 4차선 도로를 내려다보게 되어 있었고, 다른 한 쪽은 주택가를 바라보게 되어 있었다. 내가 근무하던 방은 주택가를 바라보는 쪽이었는데, 창가에 서면 바로 여고 운동장이 한눈에 들어왔다. 출근을 하면 커피 한 잔을 들고 창가에 서서 등교하는 학생들을 바라본다. 무슨 말인지 들을 수 없지만 깨알 같은 목소리들이 창가를 두드리고 간다. 해맑은 모습들이다. 한참을 서서 등교하는 아이들을 바라보고 있으면 그들의 해맑은 표정에 빠져들어 나도 모르게 실없이 웃곤 했다. 웃을 수 있는 시간이었다. 수업을 알리는 종이 울리고 아이들이 모두 교실로 들어가면 운동장은 텅 빈다. 함께 창밖을 바라보던 세 사람은 약속이라도 한 듯이 텅 빈 운동장을 말없이 한참 동안 바라보곤 했다. 텅 빈 운동장에는 바라볼 것이 많았다. 지나간 시간들, 지나간 얼굴들, 남은 시간들, 남은 얼굴들. 텅 빈 운동장을 바라보고 있으면 그렇게 많은 것들이 스쳐갔다. 우리는 마음이 답답해지거나 하면 창가에 서서 학교 운동장을 바라봤다. 그 때 나와 우리에게 '창밖'은 '위로'였다. 어쩔 수 없는 시간을 살았던 그 때, 텅 빈 운동장을 바라보는 일은 나에게, 우리에게 사색의 통로였고, 어쩔 수 없는 대화의 유일한 언어였다. 그 때 우리가 할 수 있는 일은 창밖을 바라보는 일 밖에 없었다.

며칠 후, 같은 방에서 근무하던 두 명의 동료들이 회사를 떠났다. 구조조정이 거의 마무리 되어가고 있었다. 나는 한 동안 아침의 텅 빈 운동장을 혼자 바라보며 일과를 시작했다. 전교생 조회시간에는 교장 선생님의 훈시를 운동장에 나온 아이들과 함께 듣기도 했고, 체육시간에는 아이들과 함께 운동장을 뛰기도 했다. 그렇게 하루하루가 갔다. 힘겨운 날들이 어쩔 수 없는 날들이.

나는 '남은 사람'이 되었다. '남은 사람'에게는 더 많은 일이 주어졌다. 떠난 사람들의 일을 안아야 했다. 남은 사람으로서의 '값'을 해야 했다. 구조조정은 끝이 났지만 그 '값'에 대한 또 다른 구조조정이 시작된 것이다. 부서의 자리를 재조정했고 비었던 두 자리에 다른 직원이 배치됐다. 시절이 바뀌고 생활도 바뀌었다. 바쁜 날들이 이어졌다. 구조조정이 끝나고 몇 개월이 지난 가을날이었다. 아침에 출근해서 창밖을 보니 운동장이 아침부터 아이들로 꽉 차 있었다. 가을운동회였다. 아침부터 학교가 시끌벅적했다. 구조조정이 끝나고 나서는 텅 빈 운동장을 예전처럼 자주 바라보지 못했다. "우리 반 이겨라!" 아이들의 응원 소리, 선생님의 호루라기 소리, 아이들의 해맑은 웃음소리가 들려왔다. 나도 모르게 얼굴에 웃음이 그려졌다. 힘겨운 시간을 보내면서 나는 그들로부터 적지 않은 위로를 받았다. 동료들끼리도 할 수 없었던 위로였다.

이름도 모르는 아이들과 그들이 만들어낸 풍경이었다. '위로'는 구체적인 언어가 아니어도 되었다. 함께 같은 시간을 사는 것이 바로 위로였다. 함께 있어주는 것들이 위로였다. 우리가 알지 못하는 많은 것들이 위로인 셈이다. 어쩔 수 없었던 시절에 '남은 사람'과 '떠난 사람'이었던 나와 우리는 서로의 곁에 있어주지 못했다. 힘겨웠던 그 시절이 남긴 것이 있다면 새로 알게 된 '위로'일 것이다.

아쉽게도 그 빌딩에서는 오래 있지 못했다. 회사는 이듬해에 다른 빌딩으로 이사를 했다. 멀지 않은 곳으로 이사를 했지만 그 후로는 그 운동장에 가보지 못했다. 가끔 그 텅 빈 운동장이 보고 싶을 때가 있다. 수업 종소리가 울린 직후의 텅 빈 운동장.

꿈꾸다 죽은 늙은이

"낼모레면 목련이랑 피겠네." 절 마당으로 걸어 나오던 할머니가 앞서가는 아이들의 발꿈치에다 한 마디 던진다. 부풀어 오른 목련의 그림자 위로 아이들이 걸어간다. 겨울풍경 사이로 봄이 오고 있었고, 풍경의 한 쪽엔 부여 무량사가 있다. 도량엔 조선 건축의 걸작으로 꼽히는 극락전과 백제의 시간을 간직한 5층 석탑이 서 있다. 퇴색한 단청의 빈자리를 봄볕이 채우고, 깨져나간 석탑의 상처 위로 봄바람이 분다.

여행을 하다보면 '시간'을 만날 때가 있다. 누군가의 분명한 흔적이 있는 곳을 지나갈 때가 그렇다. 여행 속에는 공간뿐만 아니라 다양한 시간이 존재하는 셈이다. 그러니 '여로'라고 하는 것은 공간적인 길과 시간적인 길을 포함하고 있는 것이다. 그렇게 보면 여행은 시간을 갈아타는 일이기도 하다. 무량사에 갔을 때가 그랬다. 천 년이 넘는 역사를 간직한 고찰들에는 많은 역사적인 시간들이 존재한다. 그 많은 역사적인 시간의 길을 골라 걸어보는 맛이 고찰의 매력이다. 신라시대에 창건된 무량사에도 역시 수많은 시간이 흐르고 있다. 그 중 봄을 맞는 이 시절에 걸어볼 만한 길이 있다. 조선의 지성이었던 김시습이 머물던 시간이다.

　그날도 봄날이었다. 1493년, 조선의 지성 김시습(金時習, 1435~1493)은 무량사에서 자신의 마지막 글인 『법화경』의 발문을 쓴다. 그리고 봄비가 흩뿌리는 3월에 병든 몸을 벗고 육신의 생을 끝낸다. 김시습은 만년을 무량사에서 보냈다. 우리 민족 최초의 한문소설집인 『금오신화』를 비롯해 시와 산문 등 수많은 글과 문집을 남긴 김시습은 자신의 이름이 봄꽃처럼 부풀기 시작했을 무렵, 돌연 세상을 등지고 방랑의 길을 시작한다.

　세조의 시절. 두고두고 읽히는 그 시절은 많은 것들이 훼손된 시절이었다. 권력 앞에 무너진 인륜, 학문이 세상을 어쩌지 못하고 '학문'으로만 끝나야 하는 불편한 현실. 한 시대의 지성은 그 시대에 대한 책임을 통감했다. 한 시대가 그 시대의 지성이 꿈꾸는 세상과 다른 곳으로 가고 있었기 때문이었다. 김시습은 온몸으로 그 힘겨운 시절을 고음(孤吟)하며 생을 마칠 때까지 세상의 바깥쪽을 걷는다. 바깥쪽을 걷는다는 것은 고독한 일이었다. 한 시대를 책임지지 못한 지성은 배임에 대한 벌을 스스로 그렇게 받는다. 한 시대의 지성이 해야 할 일은 그런 것이었다. 세상을 바꿀 수는 없어도 늘 같은 눈으로 세상을 바라보는 일. 그리고 그런 세상을 늘 꿈꾸는 일.

포근한 봄볕을 밟으며 절 마당을 걸었다. 한 시대의 지성이 어지러운 세상을 걱정하며 거닐던 사색의 마당이다. 발자국 하나하나에 '옛날'이 밟혔다. 어느 시절이나 쉽지 않다. 한 시대를 걱정하는 지성이나 작은 울타리 하나에 매달려 사는 민초들이나 한 시절에 매달려 살기는 마찬가지리라. 한 시대를 염려했던 조선의 지성 김시습은 "나 죽은 뒤 내 무덤에 표할 적에 '꿈꾸다 죽은 늙은이'라 써준다면 나의 마음 잘 이해했다 할 것이니 품은 뜻을 천 년 뒤에 알아주리."라고 「나의 삶」이란 시에서 읊고 있다. 세상의 바깥쪽에서 꿈을 꾸던 시대의 지성은 자신이 꿈꾸던 세상을 보지 못하고 세상을 떠난다. 자신이 꿈꾸는 세상에서 살다 간 이가 몇이나 될까. 꿈꾸는 이라면 모두 '꿈꾸다 죽은 늙은이'가 될 것이다. 살아야 할 세상과 꿈꾸는 세상은 많이 다르기 때문이다.

오늘도 역시 어려운 시절이다. 밤하늘에서 별들을 보기 힘들고, 인간의 마을에서 인간을 보기 힘들다. 아이들은 아이들의 마음으로 살지 못하고, 어른도 어른의 마음으로 살지 못한다. '우리'는 사라졌고, '나'만이 존재하며, 언어는 있지만 소통은 힘겹다. 우(優)와 열(劣)로 나뉜 수직의 세상. 뜨거운 눈물과 따뜻한 언어들이 멸종을 향해 가고 있는 듯하다.

산문을 나설 때, 곧 목련이 필거라는 할머니의 독백이 떠올랐다. 기다리는 시간이 있다는 것, 그것이 다름 아닌 '꿈'이리라. 봄이 다시 오고 있다. 꿈꾸는 세상과 살아야 할 세상이 다를지라도 우리 모두 늘 같은 눈으로 세상을 바라보고 싶다. 그것이 세상의 바깥쪽을 걷는 일이라고 할지라도. 함께 걷는 이가 많아진다면 그 길은 더 이상 고독한 길이 아닐 것이며 더 이상 '바깥쪽'이 아닐 것이기 때문이다. 어느 해 이른 봄날, 시간을 갈아타고 다녀왔던 그 길에는 '꿈꾸다 죽은 늙은이'가 있었다. 지금의 우리가 그 길에 있었다. 봄꽃이 다시 부풀어 오르고, 얼었던 땅이 녹고 있다.

노란 리본

　　패션 디자이너 꿈꾸던 이장환, 박채연, 호텔 요리사 꿈꾸던 이태민, 건축가 꿈꾸던 오경미, 책과 바람을 좋아하던 지상준, 가수가 꿈이었던 이보미 등 미래를 꿈꾸던 아이들, 그리고 그들과 함께 여행길에 올랐던 수많은 대한민국 국민들. 그들은 어처구니없게도 그 여행길에서 삶을 마감했다. '세월호'라는 배를 타고 건너기로 한 바다는 건너지 못하고, 못다 산 세월을 건너갔다. 삼백여 명의 사람들이 바닷속에서 숨을 거두는 동안 그들의 엄마와 아빠, 언니와 동생, 선생님과 제자, 친구와 친구, 남편과 부인, 사랑하던 사람과 기다리던 사람들은 바다 밖에서 입을 막고 발을 구르는 일 말고는 아무것도 하지 못했고, 그들을 차가운 바다에서 건져내야 했던 사회적 국가적 차원의 위정자들과 윤리적 인류적 차원의 책임자들은 너무도 당연히 해야 하는 임무와 역할을 버리고 죽은 자와 산 자 모두를 배신했다. 육지에선 바다에서 얼마나 힘겨운 일이 일어나고 있었는지 알지 못했다. 그리고 지금도 모르고 있다. 오히려 가라앉는 배와 깊어지는 바닷속에서 그들이 스스로 그들을 도왔을 뿐이었다. 나를 포기하고 남을 구한 것은 바닷속 배 안의 사람들이었다. 사람들, 아니 '국민'들이 국가에 의해 죽어야 했고, 바닷속으로 침몰한 것은 배가 아니라 대한민국이라는 부족하기 짝이 없는 나라였다. 그날의 안타깝고 어이없는 국민의 죽음과 한 국가의 있을 수 없는 침몰은 어떤 언어로도 설명할 수 없는 것이었다. 슬프다는 말과 안타깝다는 말은 어림없는 말이었다. 2014년 4월 16일. 또 한 번의 국치일. 한참 달리고 일어서야 했던, 할 일 많은 대한민국이라는 나라는 어이없는 곳에서 어이없는 일로 넘어졌다. 그것도 스스로. 살아있음이 미안했던 국민들은 한쪽 가슴에 만장 같은 노란 리본을 다는 것으로 말과 마음을 대신해야 했다.

안산에 합동분향소가 마련됐다. 사진기자였던 나는 취재를 위해 분향소를 찾았다. 밤 여덟시가 넘은 시간이었지만 조문객의 발길은 이어졌다. 체육관에 마련된 분향소의 모습은 그야말로 말로는 표현할 길이 없는 것이었다. 수백의 영정들, 수만 송이 흰 국화들. 전대미문의 분향소였다. 분향소의 모습에서부터 그것은 '어이없는 일'이었다. 어떻게 그런 분향소가 있을 수 있을까. 죽음이 확인된 단원고 학생들과 일반인들의 영정이 흰 국화들 사이에 잠들어 있었다. 조문을 위해 국화를 들고 기다리는 수백 명의 조문객들은 차례를 기다리는 동안 멀리서 영정을 바라보며 눈물을 흘렸다. 나는 눈물을 흘리는 그들을 카메라에 담아야 했다. 사진 몇 컷을 찍었지만 나는 더 이상 사진을 계속 찍을 수 없었다. 렌즈에 들어온 그들의 모습은 그야말로 표현할 수 없는, 설명할 수 없는 것이었다. 그 신성한 시간을 침범할 수 없었다. 나는 취재를 마치고 주차장으로 향했다. 장비를 차에 싣고 난 후 나는 다시 분향소로 향했다. 기자의 신분이 아닌 대한민국 국민으로, 고2의 딸을 둔 아버지로 다시 분향소를 찾았다. 나는 나도 모르게 국화 속에 잠든 아이들을 향해 걷고 있었다. 아이들의 모습이 눈에 밟혔다. 해맑게 웃고 있는 사진 속 아이들의 모습 위로 집에 있을 딸아이의 모습이 겹쳐왔다. 미안했다. 살아있다는 게. 그리고 부끄러웠다.

국화 한 송이를 받아들고 조문객들 사이에 섰다. 마치 국민의 한 사람으로서 투표를 하러 가는 기분이었다. 조문객들 대부분은 대한민국 국민의 한 사람으로 분향소를 찾았다. 가족도 아니고 지인도 아니었다. 그저 같은 하늘 아래서 같은 딸과 아들을 키우고 있는 아버지 어머니들이었고, 형제자매들이었다. '어떻게 이런 비극이 있을 수 있는가' 하는 마음으로 서 있는 것이었다. 가슴이 있는 사람은 모두 울어야 했고, 마음이 있는 사람은 모두 고개를 숙여야 했다. 조문의 순서가 다가오면서 영정들과 점점 가까워졌다. 아이들의 모습은 점점 더 선명해졌고 슬픔도 분명해졌다. 울어야 했다. 차가운 바닷속에서 고통스러웠을 아이들이 그려져 견딜 수가 없었다. 우는 것으로 모든 것을 해야 했다. 살아있는 사람으로서, 아빠의 한 사람으로서, 국민의 한 사람으로서, 미안해야 하는 사람으로서 울어야 했다.

대한민국은 2014년 한 해 동안 슬프고 힘들었다. 어이없는 죽음, 그 슬픔을 받아들이고 넘어서기 위해 슬펐다. 대한민국을 침몰시킨 '세월호'는 많은 의문에 묶인 채, 또 수많은 꿈들을 집어삼킨 채 바닷속에 잠겨 있다. 침몰한 대한민국이 저 차가운 바다 밑에서 다시 태양빛 아래로 올라오려면 우리 모두는 분향소에 가야한다. 대한민국의 미래였던 아이들의 죽음 앞에 서 봐야 한다. 대한민국을 대표하는 패션 디자이너, 건축가, 가수, 선생님, 작가, 축구선수, 학자…. 우리는 그 많은 미래를 바닷속에 묻은 것이다. 몇 십 년을, 아니 몇 백 년을 바닷속에 묻은 것이다. 우리는 그 안타까운 우리들의 미래를 보고 와야 한다. 잘못이 누구의 것이든 이 땅에 살 사람이라면 비극의 역사를 보고 와야 한다. 남아 있는 사람 중에는 엄마와 아빠, 언니와 동생도 있을 것이지만 또 누군가는 앞서 말한 사회적 국가적 차원과 윤리적 인류적 차원의 자리에 앉아야 할 사람도 있을 것이기 때문이다. 그렇기 때문에 그 어이없고 안타까운 죽음 앞에서 절절하게 눈물을 흘리고 와야 한다. 가슴에 달았던 노란색 리본을 영원히 가슴에 새기고 와야 한다. 그렇지 않으면 우리의 미래는 태양빛 아래로 올라오기 힘들 것이다.

무명(無明)

　어둠, 그것은 무서운 것이었다. 칼바람이 불어대는 12월, 캄캄한 새벽 산길을 오르고 있었다. 일출 사진을 찍기 위해서였다. 떠오르는 태양과 그 햇살에 눈뜨는 마애불을 찍기 위해서 해가 뜨기 전에 마애불 앞에 가 있어야 했다.

　낮에 사전답사를 한 후 새벽에 다시 길을 나섰던 것이었는데, 사전답사는 아무런 의미가 없었다. 길은 어둠이 모두 지워버렸고 기억은 그 지워진 길 위에 있었다. 계절상 등산객이 없어 길을 물어볼 수도 없었다. 이 세상에 혼자만이 서 있는 기분에 당황스러웠다. 작은 손전등을 켜고 겨우 길목을 찾았지만 더욱 깊어진 어둠이 길을 막고 있을 뿐이었다. 어둠이 무서웠다. 도심에서 만나는 어둠과는 다른 것이었다. 모든 것을 가려버린 어둠은 적당히 견딜 수 있는 어둠과는 많이 달랐다. 돌아갈 수도 없었다. '밥벌이'라는 것이 세상의 모든 위대함의 시작이라는 생각이 들었다.

어두운 산길을 오르기 시작했다. 정막이 어둠의 순도를 높여갔다. 짙어가는 어둠과 함께 두려움도 배가 됐다. 정막을 깨뜨리며 칼바람이 지나가면 그 뒤를 마른 낙엽들이 바스락거리며 쫓아갔다. 어둠 속에서 들려오는 낙엽들의 그 가벼운 음향이 나를 떨게 했다. 참으로 우스운 일이었다. 그 작은 소리에 쉰 살을 바라보는 남자가 무서워서 떨다니. 나는 움츠러들며 나의 뒤로, 또 나의 뒤로 숨고 또 숨었다. 나는 무서워서 어린아이처럼 덜덜 떨었다. 아무것도 보이지 않는 밤길이, 아무도 없는 세상에 혼자 서 있는 것이, 무서웠다. 사나운 짐승, 나쁜 사람 그리고 세상에 없다고 믿었던 것들이 모두 그 두려움 위로 출몰했다. 낙엽 위를 걷는 나의 발소리조차 무서웠다. 한없이 우스워져가는 나를 확인하는 시간이었다. 잠자리에 오줌을 싸고 아침에 일어나 자신을 믿지 못하는 아이처럼 나는 '나'를 믿을 수 없었다. 하지만 그 어이없는 '나'는 사실이었다. 어둠은 나에게 나의 액면을 보게 했다. 어둠은 모든 것을 지웠지만 한편으로는 모든 것들을 선명하게 드러내고 있었다. 어둠은 밖으로, 밖으로 향하는 모든 존재들의 시선을 안으로, 안으로 끌어들이는 힘이 있었다. 유한의 존재들이 '시간'에 무릎을 꿇듯, 어둠 속에 서 있는 모든 존재들은 '어둠'이라는 제단 위에 놓여 있었다.

사전답사 때 마애불까지 걸린 시간은 50여 분 남짓이었다. 하지만 어둠 속의 시간은 달랐다. 어둠 속의 시간은 어마어마하게 천천히 흘렀다. 중력에 따라 달라지는 블랙홀의 시간처럼 어둠의 순도가 시간의 흐름을 바꿔놓은 듯했다. 시계 속의 시간과 어둠 속의 시간은 다르게 흘렀다. 나는 그저 걸을 수밖에 없었다. 붓다는 중생을 '무명 속에 있는 이'라고 했다. 볼 수 없기 때문에 힘든 것이라고 했다. 모든 고(苦)가 거기에서 비롯된다고 했다. 볼 수 없다는 것은 '알 수 없는 것'이고, '알 수 없는 것'에서부터 괴로움은 시작되는 것이었다.

그래도 시간은 흘렀다. 여명이 드리우기 시작했다. 더디게만 흘러가던 어둠 속의 시간이 시계속의 시간과 거리를 좁히기 시작했다. 어둠이 채웠던 자리에 빛들이 들어차기 시작했다. 나를 두렵게 했던 바람과 낙엽의 소리도, 나의 두려움 위로 출몰하던 두려움의 대상들도 더 이상 나를 괴롭히지 못했다. 빛은 어둠의 턱 밑에 있었다. 불어나는 여명으로 세상이 드러나기 시작했다. 나를 나의 뒤로 숨게 했던 바람소리와 낙엽이 뒹구는 소리는 더 이상 들리지 않았다. 나는 어둠 속에서 덜덜 떨던 나의 우스운 모습을 도마뱀의 꼬리처럼 끊어버렸다. 그것은 일종의 거짓말이었다. 말하지 않았지만 나는 어둠 속에서 보았던 '나'를 '나'로 인정하고 싶지 않았던 것이다. 나는 또 한 번 우스워졌다. 어둠 속에서 자신의 액면을 바라보던 그 때보다도 나는 더 우스워졌다. 누구를 위한, 누구를 향한 거짓말인지 알 수 없지만 나는 다시 거짓말을 하며 산을 오르고 있었다.

마애불이 가까워지고 마침내 여명에 드러난 마애불 앞에 섰다. 그 때 눈물이 왈칵 쏟아졌다. 초조했던 시간, 무서웠던 시간의 기억이 나의 가슴을 무너뜨렸다. 나는 잃어버렸던 엄마를 찾은 아이처럼 울었다. 쉰살을 바라보는 남자는 또 한 번, 한없이 우스워졌다. 산다는 것이 그렇게 우스운 일이었다. 먹고 산다는 것이 그렇게 우스운 일이었다.

　건너편 산마루에서 태양이 솟아오르기 시작했다. 밀려오는 햇살에 마애불이 눈을 뜨기 시작했다. 나는 어린아이처럼 울던 나의 모습을 또 다시 도마뱀의 꼬리처럼 잘라내고, 카메라의 셔터를 정신없이 눌러댔다. 나는 촬영을 마치고 산을 내려왔다. 나에겐 아무 일도 없었다. 너무나 여법하게 촬영을 마치고 산을 내려온 것이다. 보는 사람도 묻는 사람도 하나 없는데, 나는 혼자 그렇게 애써 얘기하고 있었다.

침몰

사업이 실패로 끝났다. 대표였던 친구는 많은 빚을 지게 됐고, 이사였던 나는 백수가 됐다. 쉰 살의 실업. 세상을 잃고, 삼십 년 친구를 잃고, 시간도 길도 잃었다. 그리고 하루아침에 많은 것들이 사라졌다. 나의 이름이 사라지고, 나의 아침이 사라지고, 나의 이야기가 사라졌다. 침몰이다. 바닷속으로 가라앉은 배처럼 세상으로부터의 부력을 잃고 세상 밑으로 가라앉았다.

회사를 떠난 직원들은 밀린 월급을 달라며 노동청에 신고를 했고, 성난 청구서와 주먹 쥔 고지서들이 포화처럼 날아들었다. 난리였다. 거래처와 외부 인력들은 대금과 인건비를 달라고 아우성을 쳤다. 전화벨이 울리고 문이 열릴 때마다 친구는 눈을 감았고, 나는 고갤 숙였다. 사람의 목소리와 발소리가 귀신보다 무서웠다. 실패는 죄였다. 죄인의 하루는 길고 길었다. 그저 꿈이길 바랄 뿐이었다.

뜨거운 태양 아래서 매미와 함께 울고 있는 친구를 남겨놓고 나는 회사를 떠났다. 매미보다 더 뜨겁게 울던 친구는 단 며칠을 울다 간 매미처럼 바람이 차가워진 어느 날 짐을 쌌다. 비극이다. 삶이 어찌 이리도 뜻대로 되지 않는지. 비극이란 '슬픈 것'이 아니라 '뜻대로 되지 않는 것'이었다.

계절이 바뀌도록 나는 잃어버린 것들과 사라진 것들을 찾지 못하고 있다. 무거운 숫자들로 가득 찬, 부담스러운 나의 이력서를 여기저기 파릇한 이력서들 사이로 밀어 넣고 나면 총기를 난사한 흉악범이 된 기분이 든다. 민폐가 분명하다. 또 여기저기 함께 살아온 사람들에게 나의 침몰을 알리고 나면 아버지와 어머니가 생각난다. 불효가 분명하다. 어쩌다가 이토록 초라한 모습을 하게 되었을까. 가장 슬픈 노릇은 나 스스로를 바라보고 부축해야 하는 일이다. 쌀자루가 가벼워지는 것보다 화장실 수납장에 아내와 딸아이의 생리대가 보일 때가 더 걱정스럽다. 한 달도 자신 없는 가장. 하루가 괴롭고, 한 달은 무섭다.

기회가 다시 있을까. 잃어버린 시간과 길을 어떻게 다시 찾을 수 있을까. 어디에 길이 있을까. 누구에게 물어야 할까. 한 끼의 식사를 하면서 천 가지 생각을 하고, 밤엔 한 병의 술로 잠을 잔다. 술 없인 잠을 잘 수 없다. 술과는 거리가 멀었던 쉰 살의 남자는 주량이 하루가 다르게 늘어간다. 오늘까지만, 오늘까지만. 다 소용없다. 세상이 사라진 듯 고요해진 새벽이 오면 잠 못 드는 영혼과 철없는 육체가 합심하여 술을 찾는다. 하루 종일 다짐했던 맹세는 찰나에 무너진다. 소주와 안주거리를 사러 편의점으로 간다. 쉰 살에 대책 없이 침몰한 남자는 싸늘해진 밤, 불빛이 아닌 달빛, 텅 빈 골목길을 지나 술을 사러 간다. 소주 한 병을 사들고 집으로 돌아오면 닫혀 있는 딸아이의 방문이 안쓰럽고, 안방에서 들려오는 아내의 숨소리가 가슴을 친다. 밤마다 딸아이의 방문이 젖고 아내의 숨소리가 흘러내린다. 침몰한 배에서 잠을 이룬 두 사람. 미안하다. 미안하다. '미안하다'는 말은 언어가 아니라 도구였다. 힘든 세상을 살아가기 위한.

의식을 치르듯 소주 한 잔을 털어 넣으면 밀어진 세상이 가까워진다. 기막히다. 차가운 길 위에 앉아 각자의 벼랑 끝으로 술을 넘기던 사람들이 떠오른다. 삶에 격침당한 사람들. 그들이 왜 차가운 길 위에서 수혈하듯 술을 마시고 있었는지 알 것 같다.

술 한 병을 사들고 편의점을 나설 때였다. 어두운 골목길 끝에서 백발의 할머니가 작은 손수레를 끌고 있었다. 손수레에는 재활용 종이박스들이 실려 있었다. 밤하늘엔 달무리가 달을 물고 있었다. 달무리가 뿌리는 달빛을 받으며 백발의 할머니는 한 마리 달팽이처럼, 한 마리 낙타처럼 걸었다. 소주잔을 들 때마다 골목길에서 보았던 할머니의 뒷모습이 딸려왔다. 나는 또 내일 밤, 한 병의 소주를, 아니 한 병의 눈물을 사러 편의점에 갈지도 모른다. 꽃들도 계획이 있을 것 같은 아침을, 나는 어떻게 또 맞아야 할까.

제3부

절로 향하는
마음

의성 고운사(孤雲寺)

**천재의 아쉬운 발자국 위를
걸으면 고개 숙인 독백이
들려온다**

구름이고 싶은 가운루(駕雲樓)가 차가운 바람 위에 서 있다. 신라의 천재 최치원(崔致遠, 857~?)은 이곳에서 '신라'를 생각했고, 실의에 빠진 고려의 임금 공민왕은 '고려'를 생각하며 현판을 썼다. 최치원의 발자국들과 공민왕의 독백이 남아 있는 절 고운사. 고운사는 신라 신문왕 원년에 의상 스님이 창건한 절이다. 최치원이 여지(如智)·여사(如事) 두 스님과 가운루 불사를 했고, 사찰 이름이 高雲寺(고운사)에서 그의 호를 따른 孤雲寺(고운사)가 됐다.

큰법당에서 주지 스님의 법문이 들려왔다. 달마 스님이 동쪽으로 간 까닭과 양무제의 어리석음에 대한 이야기를 하는 중이다. 앞의 내용은 잘 모르겠으나 진정한 공덕에 대해 말씀하고 계신 것 같다.

도량 위쪽엔 선원이 있다. 큰법당 그림자만큼 돌계단을 오르면 귀가 많이 떨어져나간 삼층석탑과 나한전이 있고, 그 옆이 선원이다. 산기슭에 닿아 있는 마당 끝에 서면 햇살 쪽으로 목을 빼고 선 소나무들이 만져질 것만 같다. 동안거가 끝나간다. 한 겹 창호지 문살로 봉인된 공안들이 궁금하다. 며칠 뒤면 그 봉인을 뜯게 된다. 겨울바람이 문살을 두드리고, 나한전 마당의 낙엽들이 살금살금 선원으로 굴러간다. 갈 길을 정하지 못했던 낙엽들이 이제 갈 길을 정한 것 같다. 아래 큰법당의 법회가 끝났다.

법당의 법회는 끝났지만 마당 한쪽에선 돌부처님이 야단법석을 열고 계셨다. 누군가 연수전 돌담 밑에 돌부처님을 모셨다. 누군지 모르지만 큰 불사를 하고 갔다. 지나는 이마다 발걸음을 멈추었다. 불상의 모습이 따로 있는 게 아니었고, 법회의 순간이 따로 있는 게 아니었다. 부처님으로 생각하면 모든 게 부처님이고, 그 앞에 서는 순간이 법회였다.

신라가 나은 천재는 기우는 신라를 어쩌지 못했고, 모든 시름을 던져버리고 싶었던 고려의 임금은 그 시름을 어쩌지 못했다. 하지만 고단했던 그들에게는 고운사가 있었다. 그들은 이곳에서 꿈을 꿀 수 있었다. 구름을 타고 고단한 운명의 땅을 벗어날 수 있었다. 돌담 밑에 모신 부처님 앞에 서니 그들이 가운루를 찾았던 마음을 조금은 알 것 같다. 가운루는 그들에게 진정 구름이었던 것이다.

고운사에 간다면 가운루에 서볼 일이다. 천재의 아쉬운 발자국 위를 걷고 있으면 고개 숙인 임금의 독백이 들려온다. 고운사에 간다면 가운루에 서볼 일이다. 구름에 실려 어디론가 가볼 일이다.

김제 망해사(望海寺)

부설이 바라보던 그 바다는…

길지 않은 소나무 숲을 돌자 눈앞에 홀연히 바다가 다가온다. 수평선을 따라 눈을 돌리면 작은 도량이 나타난다. 망해사다. 봄을 기다리는 부푼 가슴 속으로 느닷없이 서해의 칼바람이 밀려든다. 봄은 '이른 생각'이었다. 푸른 바다를 뜰로 삼아 땅 끝에 걸터앉은 절, 망해사. 그 뜰에는 아직 칼바람이 불고 있다. 등대처럼 서 있는 범종이 차가운 바다를 읽어주고, 낮게 앉은 낙서전(樂西殿) 돌담 위에 차가운 바람이 쌓인다.

망해사는 신라 문무왕 11년(671)에 부설 거사(생몰년 미상)가 세웠다. 부설의 망해사는 바다에 잠겨 사라졌고, 조선 선조 22년(1589)에 진묵 스님이 낙서전을 지어 중건했다. 망해사는 한가롭고 단출한 도량이다.

주불전인 극락전과 낙서전, 삼성각과 요사 한 채가 전부다.

'역사'보다는 '전설'로 부르고 싶은 이름 '부설'. 그는 어느 날 이곳 김제 땅을 지날 때 벙어리로 살고 있는 묘화를 만나게 된다. 그는 자신으로 인해 말문이 터진 묘화의 간곡한 청혼을 외면하지 못하고 속세에 머물게 된다. 하지만 훗날 그의 이름은 한국 불교사에 없어서는 안 될 두 글자로 남는다. 그는 왜 바다가 보이는 이곳에 절을 지었을까. 너무도 분명하고 한 점의 미련도 없어 보이는 그에게도 가끔은 홀로 바라볼 곳이 필요했던 것일까.

낙서전과 범종각 사이에 서서 서해의 차가운 바람을 마시면 절은 부설이 보았던 그 바다를 다시 보여준다. 홀로 나는 갈매기. 기우는 석양. 수평선 위의 고깃배. 뜰 앞에 쌓이는 파도. 망해사는 바다를 보여주기 위한 절이다. 부설은 바다가 보이는 곳에 절을 지었고, 절은 그에게 바

다를 보여주었다. 중생 곁을 떠날 수 없었던 그에게 바다는 그가 가슴 속에서 홀로 그려나간 만다라가 아니었을까.

사실 지금 망해사가 바라보는 바다는 부설이 보았던 야생의 온전한 바다는 아니다. 방조제에 가둬 기른 바다 아닌 바다다. 하지만 또다시 부설이 이 자리를 지난다고 해도 그는 다시 이곳에 절을 지을 것이다. '무상(無常)'이 진리임을 모를 리 없는 그가 마음이 설 자리를 가릴 리 없기 때문이다.

만경평야를 지날 때 만났던 철새들이 낙서전 팽나무 위를 날아간다. 아무도 모르게 바라봐야 할 곳이 필요하다면 망해사로 갈 일이다. 새로운 날갯짓으로 망해사 뜰 앞을 날아볼 일이다. 앓고 있는 중생의 곁에서 바라보던 부설의 바다가 거기 있기 때문이다.

제3부 절로 향하는 마음

남해 용문사(龍門寺)

적객들이 외롭게 거닐던
뜰엔 봄비가 내리고…

절은 젖어 있었다. 봄비가 다녀갔다. 단청도 젖었고, 산새소리도 젖어서 날았다. 봄비가 적시고 간 뜰엔 매화나무가 꽃을 피웠다. 꽃잎에 매달린 빗방울에 도량이 하나씩 담겼다. 햇살이 잠시 다녀가고 도량으로 운해가 몰려왔다. 산문 밖도 온통 운해가 지워갔다. 쪽빛의 바다도 사라지고, 법당 너머 차밭도 사라졌다. 그 옛날, 절의(節義)의 신하들이 마지막으로 살다 간 섬, 남해. 그들이 절망 속에서 바라보았던 용문사만이 운해 속에 남아 있었다.

법당 뒤 차밭으로 오르자 운해에 젖은 도량이 한눈에 들어왔다. 당우와 당우가 촘촘히 붙어 앉은 도량은 호사로운 여백도, 아쉬운 바람도 없어 보였다. 용문사는 신라 문무왕 3년(663)에 원효대사가 보광산(금산)에 세운 보광사가 전신이다. 이후 조선 현종 원년(1660)에 백월 스님이 지금의 호구산으로 절을 옮겼다. 중창을 거듭하던 현종 7년(1666)에 백월 스님이 대웅전을 짓고 나서 용문사라 했다.

용문사가 있는 남해는 그 옛날 유배지(流配地)였다. 대표적인 적객(謫客) 중 한 사람인 『구운몽』의 서포 김만중(1637~1692)도 남해에서 생을 마감했다. 『서포집』, 『사씨남정기』 등 그의 문학은 유배시절에 꽃을 피웠다. 특히 그의 소설 『구운몽』은 남해로 유배되기 전인 선천 유배시절에 쓴 것으로 그의 마음속에 '불교'가 있음을 말해주는 작품이다. 어머니가 그립던 어느 가을 날(어머니 생신 날), 그는 용문사를 바라보며 시를 썼고, 절망 속에서 바라보던 그 뜨락엔 지금 매화가 피었다.

'억불(抑佛)'의 땅 끄트머리에 지어진 작은 도량 용문사는 외롭고 쓸쓸했던 유자(儒者) 적객들에게 마지막 뜰이었다. 기약 없는 삶과 죽음의 시간 속을 거닐며 들었을 풍경소리는 멀어진 세상에서 들려오는 그리운 목소리였고, 잠 못 이루며 들었을 새벽종소리는 그리운 목소리의 아쉬운 메아리였다.

절 어귀의 높다란 까치집이 운해 위에 떠 있다. 젖어 나는 까치소리가

제3부 절로 향하는 마음

다시 도량을 적셨다. 기약 없는 외로움이 찾아온다면 남해(南海)가 내다보이는 용문사로 갈 일이다. 피할 수 없는 쓸쓸함이 찾아온다면 용문사 일주문을 건너볼 일이다. 절망 속에서 흐린 눈으로 바라보던 뜰이 거기 있고, 그 뜨락엔 기약 없는 삶을 신고 거닐던 그들의 발자국이 있기 때문이다. 까치집이 다시 운해 속으로 사라지고, 까치 울음소리만 젖은 도량 위를 날았다.

삼척 신흥사(新興寺)

봄이 이만큼 왔다고 느끼는 순간
봄날은 간다

바람 한 점 없는 날이었다. 풍경소리조차 없었다. 산사의 풍경소리를 녹음하러 왔던 라디오 PD 은수와 녹음기사 상우는 풍경소리를 녹음할 수 없게 되자 산사에서 하루를 묵게 된다. 새벽녘, 풍경이 울리기 시작한다. 풍경소리에 눈을 뜬 은수가 문을 열어보니 소리 없이 눈송이가 날리고 대웅전 앞에는 상우가 커다란 마이크를 세워놓고 녹음을 하고 있다. 은수는 댓돌 옆에 앉은 상우 곁에 조용히 다가가 앉는다. 은수와 상우는 나란히 앉아 눈송이를 따라 날리는 풍경소리를 듣는다. 사랑의 테마가 흐른다. 2001년 개봉됐던 영화 〈봄날은 간다〉에서 은수(이영애)와 상우(유지태)의 사랑은 그렇게 시작된다. 신흥사 대웅전 앞에서.

신흥사는 신라 말 범일 스님이 838년(민애왕 1)에 동해시 지흥동에 지은 지흥사(池興寺)가 시작이다. 중건과 중수를 거듭하던 지흥사는 1674년(현종 15)에 지금의 자리로 옮겨와 광운사(廣雲寺)와 운흥사(雲興寺)로 불리다가 1770년(영조 46)에 절이 모두 불에 탔다. 1821년(순조 21)에 삼척부사 이헌규가 시주하여 중창하고 신흥사가 됐다.

얼마 전 남쪽에 갔을 땐 꽃들이 많이 피어 있었는데 신흥사엔 아직 꽃이 피지 않았다. 늙은 죽담장 뒤로 홍매화 그늘이 겨우 부풀어 있을 뿐이다. 바람이 대숲을 건너왔다. 파도처럼 밀려와 물거품처럼 사라졌다. 대숲의 바람소리가 마당으로 밀려왔다 밀려갈 때마다 풍경이 울었다. 풍경소리가 멈추면 산새들이 울었다. 숲은 봄을 품고 있었다.

은수와 상우는 어느 봄날 이별을 한다. 한 사람은 이별을 말하고, 한 사람은 눈물을 흘리며 돌아선다. 대웅전 추녀 끝에서 풍경이 울었다. 은수와 상우가 나란히 풍경소리를 듣던 모습이 떠올랐다. 대숲의 바람소리가 잔잔해지고 풍경소리가 멈추자 숲을 나온 산새 한 마리가 삼성각으로 날아들었다. 삼성각에 무슨 사연이라도 있었을까. 산새는 닫힌 문살에 매달리고 또 매달렸다. 산신께 할 말이 있었을까. 나반존자를 만나고 싶었을까. 마당으로 대숲소리가 다시 밀려오고 삼성각의 풍경이 울었다. 문살에 매달렸던 산새는 풍경소리 입에 물고 숲으로 돌아갔다.

며칠 후면 홍매화 그늘도 촘촘해지고, 신흥사에도 완연한 봄이 올 것이다. 사랑을 하고 싶다면 봄이 오고 있는 신흥사에 가볼 일이다. 대웅전 앞에 앉아 풍경소리를 들어볼 일이다. 영화의 한 장면처럼 사랑이 시작될지도 모를 일이다. 사랑이 시작됐다면 봄이 완연한 신흥사에 가볼 일이다. 가는 봄날의 뒷모습을 봐둘 일이다. 봄이 이만큼 왔다고 느낄 때 봄날은 가듯이, 사랑이 이만큼 왔다고 느낄 때 사랑이 떠나갈 수도 있기 때문이다.

논산 관촉사(灌燭寺)

석불의 어깨 위로 꽃비가 내리면
영원보다 긴 시간이 또 흘러간다

하얀 벚꽃이 반야산 기슭을 밝히고 있다. 일주문을 지나면 도량으로
오르는 돌계단이 오선지의 악보처럼 중간 중간 마디를 두고 숨을 고
르게 했다. 마디마다 드리운 봄꽃의 그림자를 밟으며 돌계단을 오르면
영원보다 긴 시간 앞에 서 있는 미륵보살님이 중생을 기다리고 있다.
관촉사다.

　관촉사는 968년(광종 19)에 혜명(慧明) 스님이 불사를 시작하여 1006년
에 낙성했다. 1581년(선조 14) 백지(白只) 스님이, 1674년(현종 15)에는 지
능(知能) 스님이 중수하여 지금에 이르고 있다. 마당에는 높이가 18m에

이르는 거대한 석조미륵보살상(보물 제218호)을 비롯해 석등과 배례석 그리고 삼층석탑 등 신라의 불교미술과는 전혀 다른 고려 불교미술 작품들이 도량을 채우고 있다. 특히 석조미륵보살상은 신라의 불교미술에서는 볼 수 없었던 새롭고 파격적인 양식을 보여주는 불상으로서, 보는 이는 그 거대한 모습에 압도당한다. 그 거대함에 압도되고 나면 미륵불이 지닌 어마어마한 시간 앞에 또 한 번 압도당한다. '56억 7천만 년.' 미륵불이 기다리고 있는 시간이다. 그 때까지도 제도되지 못한 중생이 있다면 그 때 사바로 오시겠다고 했다.

미륵보살님 어깨 위로 꽃비가 내렸다. 멀리서 보았던 벚꽃들이 봄바람에 꽃잎을 날리고 있다. 나뭇가지가 봄비에 젖고, 봄바람이 젖은 나뭇가지를 말리고, 그 마른 가지에 봄볕이 내려와 꽃잎을 틔우더니 그 꽃잎들이 다시 봄비에 젖고, 다시 봄바람을 맞으며 그 볕 아래서 지고 있었다. 시간은 그렇게 가고 있었다. 영원보다 긴 56억 7천만 년은 그

렇게 다가오고 있었다. 피는 꽃잎을 바라보고, 지는 꽃비를 맞으며 미륵보살은 그 시간을 기다리고 있었다.

다시 봄비가 지나갔다. 청솔모와 까치가 한가롭게 숲을 거닐고, 도량은 봄비에 젖었다. 2천 년 전에 오셨던 석가모니 부처님도 아득한 시절로부터 시작된 미륵불은 아니었을까. 그 아득한 시간, 올 것 같지 않은 그 시간이 이미 2천 년 전에 지나갔고, 또다시 아득한 시간은 아득한 시간을 향해 흘러가고 있다. 숲을 거닐던 청솔모가 벗나무 가지를 흔들어 꽃잎을 떨어뜨리고, 청솔모를 바라보던 까치는 미륵보살님 어깨에 날아와 앉았다.

잠 못 이룬 지난밤이 길었다면 오늘 관촉사에 가볼 일이다. 꽃비 속에 서 있는 미륵보살님 앞에 서볼 일이다. 영원보다도 긴 그 시간 앞에 서볼 일이다. 길기만 했던 지난밤이 오늘 밤 또 올 것이기 때문이다. 보살님 어깨 위로 꽃비가 또 내리고 까치는 숲으로 돌아갔다.

여주 신륵사(神勒寺)

떠난 이의 뒷모습엔
알 수 없는 생사의 간격이…

간밤에 내린 비에 강이 불어 있었다. 흐르는 강물 위에는 물오리가 한 가롭게 앉아 강물을 따라가고, 새싹을 틔운 가지들이 봄바람에 춤을 췄 다. 강물을 따라가던 물오리가 문득 날아올라 강물을 거슬러 오르고, 석탑 너머로 강물은 말없이 흘렀다. 신륵사다.

봉미산에 앉아 여강을 바라보고 있는 신륵사는 신라 진평왕 때 원효 (元曉, 617~686) 스님이 창건했다고 전해 온다. 강가에 서 있는 3층 석탑 은 고려 말 왕사였던 나옹(懶翁, 1320~1376) 스님의 다비를 했던 자리다. 연등이 나부끼고 있는 마당엔 신륵사다층석탑(보물 제225호)이 법당을

잃고 외롭게 서 있다. 아미타부처님을 모셨던 극락보전을 복원하기 위해 전각을 해체했다. 사라진 법당 위로 봄바람이 지나갔다.

"사람이 죽으면 어디로 갑니까?" 고려 말 왕사였던 나옹 스님의 출가는 '죽음'에 대한 의문에서 시작됐다. 12살이 되던 해, 친구의 죽음을 본 그는 대답 없는 물음을 시작했고, 누구에게도 그에 대한 대답을 듣지 못한다. 비밀을 풀지 못하고 슬픔에 젖어 있던 그는 문경의 묘적암(妙寂庵)으로 가 머리를 깎는다.

　억불의 시대가 시작되고 스님은 유학자들에 의해 경남 밀양의 영원사로 쫓겨 가게 된다. 개성에서 영원사로 가는 길이었다. 여강가에 도착한 스님의 몸은 이미 '저쪽'에 가까웠다. 보름 만에 얻은 병으로 스님은 드디어 죽음의 비밀을 알게 된다. 스님의 마지막 육신을 만났던 3층

석탑 너머로 강물이 쉬지 않고 흘러갔다.

　신륵사에 간다면 석탑이 서 있는 강가에 서볼 일이다. 스님이 떠나간 자리에 서볼 일이다. 스님의 뒷모습을 기억하고 있는 3층석탑에 기대서서 스님의 뒷모습을 그저 바라보는 일이 알 수 없는 생사의 간격일 수도 있기 때문이다. 강을 거슬러 올라갔던 물오리가 다시 강물을 따라 흘러갔다.

경주 분황사(芬皇寺)

3일 동안의 파계는
잊을 수 없는 이름을 남기고…

"저 많은 중생들을 모두 제도하시겠다고 하셨습니까? 그러면 이 소녀
부터 제도해 주십시오. 대사님, 부탁이옵니다. 대사님…." 공주의 마음
을 받아줄 수 없었던 스님은 황룡사를 떠나 정처없이 걷는다. 그러던
스님이 문득 걸음을 멈춰 선 것은 걸망 안에 들어 있는 미완성의 『발심
수행장』이 생각나서였다. 스님은 발길을 돌려 분황사로 향한다.

분황사로 가는 내내 '원효'의 두 글자가 맴돌았다. 신라의 땅이다. 짙
은 구름 아래 서 있는 고도(古都)는 사라진 기억들과 사라지고 남은 흔
적들 속에서 비를 기다리고 있다. 이름만이 남아 있는 황룡사는 안타까

운 대지 위에 들꽃을 기르고, 안타까운 순간을 함께 했던 또 하나의 절 분황사는 그 아쉽고 허망했던 지난날을 바라보고 있다.

황룡사 바로 옆에 있는 분황사는 신라 선덕여왕 3년(634)에 창건됐으며, 우리 불교 곳곳에 향수처럼 스며 있는 이름, 원효(元曉, 617~686) 스님이 머물렀던 절이다. 스님을 연모했던 태종무열왕의 딸 요석공주의 마음을 뿌리치고 황룡사를 떠났던 그날, 분황사에 들어 그날로부터 스님은 못다 쓴 『발심수행장』을 다시 쓰기 시작한다.

"무릇 모든 부처님들께서 적멸궁(寂滅宮)을 장엄하신 것은 많은 겁해 동안 탐욕을 버리고 고행하심이며, 중생들이 화택문(火宅門)에 윤회하는 것은 한량없는 세월 동안 탐욕을 버리지 않은 때문이다." 잊을 수 없는 '원효'의 문장들이 태어나기 시작한다.

그러나 분황사에 머물던 원효 스님은 파계를 하고 만다. 스님만을 찾는 요석공주와의 인연을 피해갈 수 없었다. 어쩔 수 없는 인연 앞에서 어쩔 수 없이 파계를 했으나 스님의 이름은 그 때부터 우리들 가슴에 새겨지기 시작한다. 파계한 스님은 승복을 입을 수 없었으나 불제자가 되겠다는 서원만큼은 버릴 수가 없었다. 하여 또다시 요석공주의 간청을 뿌리치고 정처없는 길을 떠난다. 승복을 벗고 거사의 이름으로 백성들 곁으로 들어간 스님은 그들에게 필요한 불법을 심기 시작한다. '원효'의 이름은 거기서부터 시작됐다.

무겁게 떠 있던 구름 속에서 빗방울이 떨어지기 시작했다. 무너진 석탑 하나와 들꽃처럼 살아있는 법당 하나가 도량에 내리는 비를 모두 맞고 있다. 원효 스님이 요석공주 곁에 머문 것은 단 3일이었다. 3일 동안의 파계가 영원히 잊을 수 없는 이름을 남겼다. 스님이 열반에 들고 스님과 요석공주 사이에서 태어난 아들 설총은 스님의 유골을 분황사에 모신다.

비가 그치고 돌담 너머 당간지주 위로 까치 두 마리가 날아와 앉았다. 보고 싶지만 볼 수 없는 것이 있고, 아쉬운 지난날이 있어 그 시절이 그리워진다면 분황사에 가볼 일이다. 무너진 석탑 앞에 서면 사라지지 않고 전해져 온 그 때의 이야기가 들려오고, 당간지주 위로 날아와 앉은 한 쌍의 까치를 바라보고 있으면 원효 스님과 요석공주의 안타까운 인연이 그려지기 때문이다. 저녁 범종소리가 꿈처럼 들려오고 분황사엔 다시 저녁비가 내렸다.

영천 운부암(雲浮庵)

**해는 서쪽 산을 넘고 달마의
그림자는 동쪽으로 간다**

소나무 숲을 지나 오르막길을 오르자 연못 속에서 목탁소리가 들려왔다. 바람에 이는 물결 속에 법당이 있고, 파란 하늘을 품은 연못 위에는 따뜻하고 오래된 눈동자의 달마 스님이 서 있다. 보화루를 바라보며 작은 돌계단을 오르면 운부암이다.

조계종 은해사의 산내 암자인 운부암은 711년(신라 성덕왕 10)에 의상 대사가 창건했다고 전해진다. 절을 지을 때 상서로운 구름이 일어났다 하여 운부암이라는 이름이 붙여졌다고 한다. 몇 차례의 화재로 인해 전소와 중건을 거듭해 오늘에 이르고 있다.

제3부 절로 향하는 마음

마당에 들어서자 이미 '문자'를 떠난 지 오래인 편액 하나가 눈에 들어왔다. '운부난야(雲浮蘭若)', 문자로는 읽어낼 수 없는 공간이다. 운부암 선방의 당호다. 난야는 아란야(阿蘭若)의 준말로 적정처(寂靜處), 무쟁처(無諍處)를 뜻하며, 수행하기 적합한 곳을 말한다. 그래서일까 이곳 운부암은 많은 선지식이 거쳐 갔다. 경허, 만공 스님으로부터 용산, 운봉, 경봉, 향곡, 한암, 팔봉, 청담, 성철 스님 등 많은 선지식들이 정진했다. 특히 성철(性徹, 1912~1993) 스님과 향곡(香谷, 1912~1978) 스님은 이곳에서 만나 평생 도반이 됐다.

스님 한 분이 마당을 거닌다. 말없이 서 있는 석탑을 바라보며, 걸었던 발자국 위를 걷고 또 걷는다. 먼저 걸어간 선지식의 발자국은 어디쯤 있을까. 석탑이 스님을 바라보고, 스님은 다시 선방에 든다. 열린 선방 문에서 죽비 소리가 들려왔다.

볼 수 없으나 남아 있는 그들의 이름이 아무것도 하지 않은 나의 하루를 용서해줬고, 그 이름을 떠올리는 것만으로 시간은 값있게 흘렀다. 석탑처럼 흔들리지 않고 마당을 걸었던 스님의 모습을 떠올리며 돌계단을 내려왔다.

석탑처럼 흔들리지 않고 싶다면 운부암에 가볼 일이다. 불러보는 것만으로 하루를 채울 수 있는 이름들이 거기 있고, 서성이는 것만으로 앞서간 발자국을 따라갈 수 있는 운부난야의 마당이 거기 있기 때문이

다. 해는 서쪽 산을 넘고 연못 위에 서 있는 달마 스님의 그림자는 동쪽
으로, 동쪽으로 간다.

완주 화암사(花巖寺)

그곳에 가면 산자락 같은 참회가
가슴을 때린다

늘 그렇듯 오늘도 기어이 도량 가까이까지 차를 끌고 올라갈 생각이었다. 하지만 그럴 수가 없다. 차가 올라갈 수 없는 길이다. 아스팔트길 옆으로 오솔길이 이어진다. 길은 잔잔한 호수 같다. 오솔길에 발을 들여놓자 길 위에 파문이 인다. 흙 위에 누웠던 바람이 일어나 풀잎을 흔들고, 풀잎 위에 앉았던 나비들이 일어난다. 일어난 나비들이 물결처럼 스쳐 지나가고, 오솔길의 적막이 깨진다. 산새는 자리를 옮기고, 거미는 거미줄을 다시 친다. 마치 맑은 물에 흙탕물을 일으킨 것 같아 자연 앞에 인간은 어쩔 수 없는 존재라는 생각이 든다. 길이 깊어지고, 하늘과의 거리가 좁혀질 때쯤 오솔길과 하늘 사이로 빛바랜 추녀가 머리를

내민다. '꽃바위절' 화암사다.

조계종 금산사의 말사인 화암사는 신라 효소왕 3년(694년) 일교 스님
이 창건했다. 중건과 중수를 거쳐 조선 세종 7년(1425년) 해충(海聰) 스
님이 중창했다. 원효 스님과 의상 스님이 수도했고, 설총이 머물렀다고
한다. 임진왜란으로 많은 전각들이 소실됐으나 국내에 하나밖에 없는
하앙식 건축물인 극락전(보물 663)과 한국 고대 건축 양식을 대표하는
우화루(보물 662) 등이 남아 있다.

우화루에 걸린 목어에 나비가 날아와 앉는다. 꽃바위절, 그래서일까
도량엔 나비와 벌들이 유난히 많다. 눈길이 가는 곳이면 어김없이 나비

들이 날아다니고, 벌들이 웅성거린다. 도량은 너무도 간결하다. 남북으로 극락전과 우화루, 동서로 불멸당과 적묵당이 사방을 막고 작은 마당과 하늘 하나를 열어놓은 게 전부다. 서 있는 땅만큼 하늘이 지나가고, 바라보는 하늘만큼 도량은 깊어진다.

인간세 바깥에 있는 줄 알았습니다 / 처음에는 나를 미워하는지 턱 돌아앉아 / 곁눈질 한 번 보내오지 않았습니다 // 나는 그 화암사를 찾아가기로 하였습니다 / (중략) 그 절집 안으로 발을 들여 놓는 순간 / 그 절집 형체도 이름도 없어지고 / 구름의 어깨를 치고 가는 불명산 능선 한 자락 같은 참회가 / 가슴을 때리는 것이었습니다 / 인간의 마을에서 온 햇볕이 / 화암사 안마당에 먼저 와 있었기 때문입니다 / 나는, 세상의 뒤를 그저 쫓아다니기만 하였습니다 / 화암사, 내 사랑 / 찾아가는 길을 군이 알려주지 않으렵니다 / (안도현의 「화암사, 내 사랑」 중에서)

그토록 가고 싶었던 절에 발을 들여놓는 순간 절은 사라졌다. 마당엔 인간의 마을에서 온 햇볕이 와 있고 시인은 알게 됐다. 세상 뒤에 서 있는 자신을. 화암사 마당에 서서 하늘을 바라보는 순간 누구나 불명산 능선 한 자락 같은 참회가 가슴을 때릴 것이다. 화암사가 하늘을 보여주기 때문이다. 극락전으로 나비 한 마리가 날아든다.

공주 신원사(新元寺)

그녀의 염원은 무엇이었기에
비운의 왕비가 됐을까

발끝에 산길이 익숙해질 때쯤 산길은 끝이 나고, 눈앞에 나타난 돌계단
위엔 사천왕문이 산문을 열고 있다. 꽃길이었을 길이 탑전까지 사뿐히
닿아 있고, 석탑 너머엔 법당 그림자가 파란 잔디 위에 누워 있다. 숲엔
오래된 석탑이 하나 자라 있고, 장맛비가 지나간 매화당 툇마루엔 스님
세 분 스님이 선명하게 도량을 채우고 있다. 신원사다.

절이 주는 매력 중의 하나는 정신적으로든 육체적으로든 속세에서
멀어지는 것일 것이다. 일주문이나 사천왕문에 들어서며 합장을 하는
순간 속세는 멀어지고, 연산의 개념을 벗어난 시간과 자리가 가슴으로

다가온다. 그 절이 세상에 덜 알려진 절일수록 그 매력은 더해진다. 신
원사가 그렇다. 계룡산이 품은 명찰 중의 하나이면서도 신원사는 다른
절이 비해 세인의 발길이 적다.

공주 마곡사의 말사인 신원사는 백제 의자왕 11년(651) 열반종(涅槃
宗)의 개조인 보덕(普德) 스님이 창건했다. 고려 충렬왕 때(1298) 무기
(無寄) 스님이 중건을, 조선 태조 때 무학 스님이 삼창을 했다. 전각들은
임진왜란 때 소실된 후 다시 창건됐다. 경내에는 한국 최고(最高)의 산
신각인 중악단(보물 제1293호)이 있다. 1394년에 조선의 태조 이성계가
세운 중악단은 효종 2년(1651)에 폐지됐다가 고종 16년(1879)에 명성황

후 민비가 재건하여 오늘에 이르고 있다.

천인공노할 결말로 인해 인생 전체가 '비운의 왕비'로 축약된 민비. 그는 그 시절 중악단에 앉아 무엇을 염원했을까. 일본 낭인들의 칼끝에 사라진 왕비. 그녀는 그렇게 가고 없고, 그녀가 앉았던 중악단엔 백발의 할머니가 앉아 있다. 우리는 끊임없는 염원 속에서 살고 있는 듯하다. 늘 바라고 또 바라며 살고 있다. 왕비의 자리에 앉아서도 산신각을 지어야 했으니 말이다.

발끝에 산문의 흙바닥이 익숙해질 때쯤 산문의 하루는 저물고, 종각에선 저녁 종소리가 들려온다. 비운의 왕비가 걸었을 길이 사천왕문까지 사뿐히 닿아 있고, 사천왕문 너머에선 멀어졌던 속세의 시간과 자리가 기다린다. 종소리가 숲으로 숲으로 날아가고, 포행하고 돌아온 노스님이 매화당 돌계단을 오른다.

연기 비암사(碑巖寺)

백제가 사라지자 절이
그들의 백제가 되었다

장마가 지나간 숲길은 앓고 일어난 몸처럼 선명했다. 숲길이 끝나자 돌계단 위로 커다란 느티나무 한 그루가 사천왕처럼 서 있다. 800년을 넘게 살았다고 적혀 있다. 돌계단을 오르자 산새 한 마리가 느티나무 가지에 날아와 앉았더니 고개를 이리 돌렸다 저리 돌렸다 한다. 제 집이라고 들고 나는 이를 살피는 것일까. 산새가 날아간 빈 가지 너머로 극락전이 보인다. 비암사다.

비암사는 창건에 관한 정확한 기록이 없다. 다만 멸망한 백제의 유민

이 세운 백제의 마지막 사찰이라는 이야기가 있다. 비암사에서 발견된 국보 제106호 '계유명 전씨 아미타불삼존석상(국립청주박물관 소장)'에 "전(全)씨들이 마음을 합쳐 아미타불과 관세음, 대세지보살상을 삼가 석불로 새긴다. 계유년(673년) 4월 15일 (중략) 목(木)아무개 대사 등 50여 선지식이 함께 국왕, 대신, 7세(七世) 부모의 영혼을 달래기 위해 절을 짓고 이 석상을 만들었다."는 기록 때문이다. 하지만 그 때가 창건시기라고 말할 수는 없다. 아무튼 나라를 잃은 백제의 유민들은 이곳 비암사에서 백제의 재건을 염원했고, 부처님께 의지했다.

햇볕에 바짝 마른 석탑엔 박새 한 마리 날아와 앉았고, 박새가 날아온 파란 하늘엔 뭉게구름이 흘러간다. 커다란 용이 떠가기도 하고, 또 어떤 구름은 흰 고무신 같기도 하다. 설선당 댓돌 위에도 하얀 고무신 한 켤레가 세워져 있다. 비를 맞았던 것 같다. 두어 시간이 지났지만 도량엔 사람의 모습을 볼 수 없다. 참배객 하나 없다. 박새 한 마리, 댓돌 위에 흰 고무신 한 켤레, 잔디 위에 나비, 잠자리. 적막을 깨고 목탁 소리와 함께 스님이 극락전 돌계단을 내려온다. 저녁 예불이다. 종이 울리고 예불 소리 들려온다. 멈췄던 시간이 흘러가는 것 같다. 혼자 적막 속에 있는 동안엔 시간의 흐름도, 걸어온 길목도 없는 듯했다. 시간과 자리는 누군가와 함께 있을 때 흘러가고 존재하는 것 같다. 그 옛날 백제라고 불렀던 나라가 없어지고, 나라를 잃은 그들은 이곳에 모여 서로의 시간과 자리가 되어 줬다. 서로의 옛날이 되어 주었던 것이다.

사라진 것들에 대한 기억 때문에 힘겹다면 비암사에 가볼 일이다. 고요한 시간이 그 시간을 잊게 해줄지도 모를 일이다. 뭉게구름 고무신이 사라졌다. 댓돌 위에서 하얀 고무신이 빛나고 있다.

김제 금산사(金山寺)

신장의 아득한 시선 끝에는
미륵불이 있을까

숨이 끊어질듯 매미들이 운다. 어디서 왔는지 그 빽빽한 울음소리는 저마다 갈 곳이 있었다. 미륵전 지붕 위, 사리탑, 계단(戒壇), 마당의 보리수…. 매미소리 가득한 모악산 기슭. 천 년을 넘긴 미래가 한 순간처럼 서있다. 금산사다.

금산사는 599년(백제 법왕 1)에 세워졌다고 전해 오지만 확실하진 않다. 후에 진표 스님(眞表, 생몰 미상)이 중건을 했다. 금산사에 계시던 스님은 절벽에 세운 변산의 부사의암(不思議庵)에서 미륵보살과 지장보살을 친견하기 위해 정진했으나 뜻을 이루지 못한다. 스님이 절벽에서 몸

을 던지니 2명의 청의동자가 손으로 받들어 다시 절벽 위로 모시며 "아
직 법력이 모자랍니다."고 하자 스님은 다시 정진하여 미륵불과 지장보
살을 본다. 그리고 금산사로 돌아온 스님이 6년에 걸쳐 중창한 가람이
오늘에 이른다. 이때부터 금산사는 미륵신앙의 성지가 된다.

진표 스님의 원력이 세운 미륵도량 금산사. 그곳으로 간절한 '내일'
을 꿈꾸는 이들이 모여들었다. 그 중엔 후백제를 일으킨 견훤(甄萱,
867~936)도 있었다. 그는 이곳에서 삼국통일을 꿈꿨지만 맏아들 신검
에 의해 금산사에 감금되는 수모를 겪는다. 꿈을 이루지 못한 그는 고
려 왕건에 투항하여 신검의 토벌을 요청하게 되고, 자신이 세운 나라를

자신이 쓰러뜨린다. 저마다 자신의 '미륵'을 품고 미륵의 땅에 모여든 사람들. 하지만 모두 미륵을 볼 수 있었던 것은 아니었다.

　비가 내린다. 빗소리에 매미소리가 수그러들고 수많은 매미가 울어도 채워지지 않던 저녁 하늘을 먼 풍경(風磬)소리 하나가 가득 채운다. 사리탑을 지키는 신장의 눈썹 위로 빗방울이 떨어진다. 저 아득한 시선의 신장은 어디서부터 보았을까. 빗물에 젖은 신장의 시선 끝에는 미륵이 있을까. 비가 내린다. 어디서 왔는지 빗방울들도 저마다 갈 곳이 있었다. 신장의 아득한 시선 위로 빗방울이 떨어진다. 진표 스님의 환희의 눈물처럼. 견훤의 안타까운 눈물처럼. 비에 젖은 모악산 기슭에서 매미들이 뜨겁게 운다.

포항 오어사(吾漁寺)

혜공 스님과 원효 스님이
똥을 누며 지은 이름

도량은 불사중이다. 아담한 도량의 절반 이상이 제 모습이 아니어서 호젓한 절집의 분위기를 느낄 수가 없다. 풍경소리, 목탁소리 대신 망치소리와 기계소리로 도량이 어수선하다. 하지만 앞산 운제산으로 올라가 멀리서 절을 바라보면 서운했던 마음이 사라진다. 많은 것들이 생략된 원경이 다시 호젓한 절을 느끼게 해준다. 호수 위에 절이 하나 떠 있다. 오어사다.

오어사는 신라 진평왕 때 창건됐다. 처음에는 항사사(恒沙寺)였다. 자세한 창건 내력은 전해 오지 않는다. 항사사가 오어사가 된 이유는 혜

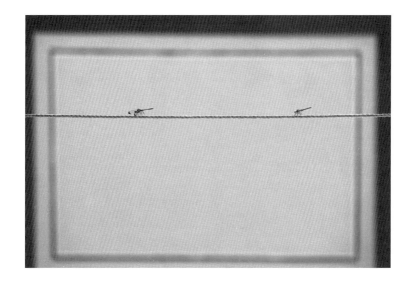

공 스님과 원효 스님 때문이다. 혜공 스님은 만년에 항사사에 머물렀다. 분황사에 머물던 원효 스님은 의심나는 게 있으면 혜공 스님을 찾았다. 어느 날 두 스님이 시냇가에서 물고기와 새우를 잡아먹고 돌 위에서 똥을 누고 있었다. 혜공 스님이 말했다. "너는 똥을 누고 나는 고기를 누었다." 이 일이 있은 후 오어(吾漁)사라 고쳐 불렀다고 한다.

산을 내려와 다시 도량에 들었다. 사천왕문도 불사중이어서 작은 죽문으로 들어가야 했다. 절에 가는 맛 중의 하나가 사천왕문인데 아쉬웠다. 검색대를 통과하지 않고 뒷문으로 들어간 기분이 잠깐 들었다. 피할 수 없는 사천왕의 시선에 숨죽인 '나'를 보고 있으면 맞아야 할 매를 맞는 후련함을 느낀다. 물가를 향해 서 있는 사천왕문 위로 매미가 울고, 종각에 걸린 법고엔 말벌 하나가 매달려 북을 치고 있다.

무애가(無碍歌)를 부르며 중생들과 살았던 원효 스님과 법당보다 우물 안이 더 편했다고 하는 선지식의 선지식 혜공 스님. 만날 수만 있다면 꼭 한 번 만나보고 싶은 두 사람. 그들의 흔적이 있다고 생각하니 작은 도량이지만 한 걸음 한 걸음 도량 밟는 의미가 새롭다. 종각도 조만간 불사를 할 모양이다. 기둥마다 줄을 둘러놓았다. 법고에 매달려 있던 말벌이 여전히 북을 치고, 잠자리 두 마리가 기둥 줄에 날아와 앉는다. 나란히 앉아 똥을 누고 있는지도 모른다.

법고에 매달렸던 말벌이 날아갔다. 북을 다 친 모양이다. 기둥 줄에 앉았던 잠자리 두 마리는 여전히 똥을 누고 있다. 누가 똥을 누고 누가 고기를 누었을까. '여시오어(汝屎吳魚)', 같은 것을 다른 마음으로 보면 누구는 똥을 누고 누구는 고기를 눈다. 모든 것을 같은 마음으로 바라보고 싶을 때가 오면 오어사에 가볼 일이다. 생과 사, 색과 공, 미와 추까지 모든 것이 다르면서 다르지 않다는 법문이 있기 때문이다.

남원 실상사(實相寺)

눈길 닿는 것은 모두
부처님이 들고 계신 연꽃

해탈교를 건너자 돌장승이 눈을 맞춘다. 속세를 드나들 것 같지 않은 산새의 울음소리나, 태고의 그늘이 숨 쉬고 있을 것 같은 오솔길은 없다. 무릎을 세우고 올라야 할 돌계단 대신 곡식이 들어찬 들과 연잎 가득한 연못을 지난다. 남원의 실상사로 가는 길이다.

그 옛날, 영산에서 범왕이 부처님께 설법을 청하며 연꽃을 올리자 부처님이 연꽃을 들어 보였다. 대중은 아무도 그 뜻을 알지 못했다. 가섭만이 그 뜻을 알고 미소를 지었다. 문자를 버리고, 뜻 없는 뜻이 마음에서 마음으로 전해지던 그날, 선종은 시작됐다.

구산선문의 최초 가람인 실상사는 신라 흥덕왕 3년(828) 홍척 스님이 당나라에서 선법을 배우고 돌아와 세운 절이다. 신라불교에 선풍을 일으키며 번창했던 실상사는 조선 때 화재로 전소됐다가 세 차례 중수를 거쳐 오늘에 이른다. 또한 한국전쟁 때는 국군과 북한군이 번갈아 점거하는 수난을 겪기도 했는데 절은 화를 입지 않았다.

보광전 추녀에 벗어놓은 매미 허물이 들려오는 제 울음소리에 마음을 비우고, 극락전 연못 속에서 잠을 깬 개구리 한 마리는 조심조심 세상 밖을 내다본다. 부처님 가까이 사는 건 날마다 부처님을 부르고 있는 우리가 아니었다. 단 며칠을 울다 가기 위해 이 세상에 온 매미와 연못 밖에 모르는 개구리가 부처님 가까이 살고 있었다. 법당에서 몸을 이룬 매미와 매일 극락에서 잠을 깨는 개구리. 사람 몸 받는 것이 어려운 일이라고, 간절한 일이라고 말하는 것은 사람들끼리나 하는 말인 듯싶다.

그 옛날 부처님이 연꽃을 들어 보였던 것처럼 마음에서 마음으로 전하고 싶은 것이 있다면 실상사에 가볼 일이다. 법당 추녀에 벗어놓은 텅 빈 매미의 몸과 극락에서 잠을 깬 개구리의 눈을 보고 있으면 눈 닿는 것은 모두 설법이고, 눈 닿는 것은 모두 부처님의 연꽃이라는 걸 알 수 있기 때문이다.

서산 개심사(開心寺)

그의 평생 고독은
물고기가 흘리는 눈물 같았다

"부처니 중생이니 내 알 바 아니니 / 평생을 그저 취한 듯 미친 듯 보내려네 / 때로는 일 없이 한가로이 바라보니 / 먼 산은 구름 밖에 층층이 푸르네."(『경허집』)

경허(鏡虛, 1894~1912) 스님은 늘 고독했다. 고독은 시를 쓰게 했다. 동학사에서 강사를 지내던 스님은 어느 날 동학사를 나와 고향으로 향한다. 스님의 글 곳곳엔 '호서로 돌아가는 승 경허'라는 대목이 있다.

꽃잎이 얼마 남지 않은 백일홍 위로 가을비가 떨어진다. 붉은 잎이 섞이기 시작한 단풍나무엔 차가운 바람이 불어온다. 차가운 비에도 나

비들은 날고, 거친 바람에도 산새들은 나무를 떠나지 않고 있다. 안양
루가 손님을 맞는다. '호서로 돌아가는 승', '경허'가 어느 날 문득 동학
사를 나와 생사의 절박함을 묻고 깨달으며 찾아갔던 개심사다.

　개심사는 654년(백제 의자왕 14)에 혜감(慧鑑) 스님이 창건했다. 당시
의 이름은 개원사(開元寺)였다. 1350년(고려 충정왕 2)에 처능(處能) 스님
이 중건하면서 개심사로 바뀌었다. 개심사는 한국불교 선종의 중흥조
로 불리는 경허 스님이 한동안 머물며 정진했던 곳이다. 1740년(조선 영
조 16)에 중수를 거치고 1955년에 전면 보수하여 오늘에 이르고 있다.

"사람의 마음은 맹호와 같아 / 독하고 악하기가 하늘을 뚫고 나네 / 짝 지은 학은 구름 저편으로 가는데 / 이 몸은 누구와 함께 돌아갈거나."(『경허집』)

평생, 도반에 목말라했던 스님은 물고기가 물속에서 눈물을 흘리듯 고독 속에서 고독해야 했다. 물고기의 눈물이 보이지 않는 것처럼, 스님의 고독도 그런 것은 아니었을까. 그 누구도 알아볼 수 없는….

고독하다면, 그 고독을 아무도 알아주지 않는다면 개심사에 가볼 일이다. 평생 고독하기만 했던 한 선지식도 그 옛날 거기 있었기 때문이다. 마음이 열리는 절, 개심사. 안양루 처마에 매달린 풍경엔 물고기 없다. 어디로 갔을까. 남 몰래 울고 싶어 물을 찾아갔을까. 고독해 보이는 풍경만 가을비를 맞고 있다.

영천 거조암(居祖庵)

그들은 아직 눈 한 번
깜빡이지 않았다

산을 쓸고 내려온 바람이 돌담의 코스모스를 흔든다. 노랗게 익은 감들이 햇살에 빛나고, 양지 바른 쪽의 단풍은 붉은 물이 올랐다. 드문드문 드나들던 인적도 끊어진 마당에는 낙엽이 이리저리 구르고, 조용한 석탑 하나가 긴 그림자를 그리고 있다. 거조암이다. 지눌 스님의 정혜결사(定慧結社)가 시작됐던 곳이다.

거조암은 은해사의 산내 암자로 신라 효성왕 2년(738) 원참 스님이 창건했다. 13년 뒤에 혜림(慧林) 스님과 법화 스님이 영산전을 짓고 오

백나한(伍百羅漢)*을 모셨다. 영산전은 몇 안 되는 고려시대 건물로 국
보(제14호)다.

영산전이다. 은은한 불빛 속에서 오백나한의 눈빛이 별처럼 반짝이
고 있다. 그 옛날을 고스란히 기억하고 있는 눈빛, 그 눈빛들 사이를 걸
으면 부처님의 설법을 모으던 그들의 목소리가 들려온다. 승천선존자
의 눈빛을 본다. 너무도 또렷한 영혼과 시간. 부처님을 기억하는 영혼

---

* 나한(羅漢): 아라한(阿羅漢)의 약칭. 부처님이 정각을 이룬 뒤 다섯 사람의 수행자에게 설
법을 했다는 초전법륜(初轉法輪) 이후 다섯 사람이 모두 정각을 이루게 됨으로써 부처님을
포함한 여섯 아라한이 생겼다. 여래 10호 중의 하나인 아라한의 의미는 존경할 가치가 있
는 사람, 수행을 완성한 사람 등이다.
오백나한에 대한 기록은 여러 곳에서 볼 수 있다. 『오분율』에는 석가모니 부처님 열반 직후
왕사성에서 열린 제일결집 때 500의 아라한들이 부처님의 설법을 결집했다고 되어 있다.
또한 오백나한이란 부처님 당시 500의 제자나 부처님 열반 후 결집한 500의 나한과 비구
등을 칭하는 데 두루 쓰이고 있다.

과 그 영혼이 간직한 아득한 시간들이 고스란히 담겨 있다. 문자도 없이 입에서 입으로 지켜왔던 부처님의 설법. 잊지 않고 전해준 그들의 눈빛 속에 그날이 보인다.

오백나한 중엔 자신과 닮은 얼굴이 하나쯤 꼭 있다고 한다. 불자 한 분이 정성스럽게 한 분 한 분 눈을 맞추며 절을 올린다. 자신과 닮은 얼굴을 만났을까.

다시 낙엽 구르는 소리가 들려온다. 해는 기울어 서산에 떨어지고, 이리저리 휩쓸리는 낙엽 위로 낙엽이 또 떨어진다. 가을이 깊어간다. 눈이라도 한 번 깜빡거려야 '세월'일 텐데 그들은 눈 한 번 깜빡이지 않고 있다. 우리가 사는 세월이 얼마나 짧은 세월인지 거조암 영산전에 가면 알 수 있다. 그토록 짧은 세월을 살면서 우리는 너무도 고단하다. 특히나 고단한 이 가을, 나한의 눈빛이라도 한 번 보고 올 일이다. 나와 닮은 나한을 만나서 그날의 설법을 들어볼 일이며, 잊지 않고 누군가에게 전해줄 일이다. 그들은 아직 눈 한 번 깜빡이지 않고 있다.

영암 도갑사(道岬寺)

버릴 수 없는 것은
버려도 버려지지 않는다

비가 온다. 비를 맞으며 산새들이 개울 위를 날아간다. 산새들이 건너간 개울 위로 낙엽이 떨어지고, 눈을 감아야 들리는 노래처럼 소리 없이 가을비가 내린다. 오솔길이 눈을 감고, 돌계단 위의 낙엽들이 눈을 감는다. 도량이 가을비에 젖는다. 도갑사다.

월출산 기슭에 자리 잡은 도갑사는 신라 말기에 도선(道詵, 827~898) 국사가 창건했다. 조선시대 수미 스님이 중건했으며 연담, 허주, 초의 선사 등 선지식들이 주석했다. 정유재란과 병자호란, 그리고 한국전쟁을 겪으면서 도량이 많이 소실됐다. 최근까지 대웅보전을 복원하는 등

불사가 이어졌으며, 옛 가람의 모습을 찾아가고 있다.

어느 날 한 처녀가 개울에서 빨래를 하다가 떠내려 온 오이를 건져 먹는다. 그리고 그녀는 아이를 갖게 된다. 전설이다. 그 아이가 도선 스님이다. 정상적인 출생이 아니었던 아이는 결국 버려지게 되지만 그 아이는 결코 버려진 것이 아니었다. 버려진 그 아이를 비둘기가 기르고 있었다. 도선은 결코 세상이 버릴 수 없는 아이였던 것이다.

석탑도 눈을 감는다. 버티고 버티던 가슴이 무너져 내리듯 가을비에 젖은 석탑이 빗물을 뚝뚝 흘리고 있다. 그 옛날, 전쟁의 화마에도 눈 하나 감지 않았던 석탑이 한 방울 한 방울 소리 없이 내리는 가을비에 젖고 또 젖을 뿐이다. 나그네의 옷을 벗긴 건 세찬 바람이 아니라 뜨겁게 나그네를 바라보았던 태양이었듯 그 무뚝뚝한 석탑을 무너뜨린 건 눈을 감고 들어야만 들려오는 가을비였다.

버릴 수 없는 것이 가슴 속에 있어 힘겨운 날을 지나고 있다면 도갑사에 가 볼 일이다. 세상이 버리지 못했던 도선 스님의 흔적이 있기 때문이다. 화마도 어쩌지 못했던 석탑이 한 방울 가을비에 젖는 것을 보고 있으면 할 수 없는 일과 할 수 있는 일은 변할 수 없다는 것을 알 수 있기 때문이다. 버릴 수 없는 것은 버려지지 않는다는 것을 도갑사에 가면 알 수 있기 때문이다. 단풍도 가을비에 젖는다.

제3부 절로 향하는 마음

김제 흥복사(興福寺)

살아가는 동안은 모두가
절체절명의 순간이다

절은 깊은 곳에 있지 않았다. 길옆에 있었다. 노랗게 익은 은행잎이 소리 없이 쌓이고, 문밖 들판에서는 갈대숲이 일렁인다. 듬성듬성 끊어진 돌담을 대나무로 깁고, 마당 한 편엔 미륵불을 모셨다. 사천왕문을 들어서자 백구 한 마리가 짖는다. 흥복사다.

흥복사는 650년(백제 의자왕 10)에 고구려에서 백제로 망명한 보덕 스님이 창건했다. 그 때의 이름은 승가사(僧伽寺)였다. 1597년(조선 선조 30) 정유재란 때 불에 타 없어진 절을 1652년(인조 3)에 흥복거사가 중창하고 흥복사라 했다. 1965년에 전강(田岡, 1898~1975) 스님을 모셔와

선원을 개설하고, 1965년 도영 스님이 중창하여 오늘에 이른다.

어느 날, 통영의 미래사에서 효봉(曉峰, 1888~1966) 스님을 시봉하고 있던 박완일이 당대 제일의 선사였던 전강 스님을 뵙기 위해 홍복사로 향했다. 박완일의 나이 스물셋이었다. 전강 스님은 박완일에게 안수정등(岸樹井藤) 화두를 내밀었다. "자네 같으면 어떻게 하겠는가?" 박완일이 대답했다. "꿀만 먹겠습니다." "나에게 묻는다면 나는 '달다'고 대답하겠네." 전강 스님의 대답은 '달다' 한 마디였다.

멀리서 스님이 백구를 부른다. 사방엔 사나운 불길, 달려드는 미친 코끼리, 불길과 코끼리를 피해 겨우 나뭇가지 칡넝쿨에 매달렸지만 그 밑엔 깊은 우물이고 우물엔 이무기가 우굴거리고 있다. 쥐들이 칡넝쿨을 갉아먹기 시작했고, 손의 힘은 점점 빠져 우물에 떨어질 듯 말 듯, 절체절명의 순간에 나뭇가지 사이로 벌이 쳐놓은 꿀이 흘러내린다. "어찌하셨는가?" 백구가 스님에게 달려간다.

한 치 앞을 알 수 없는 삶에서 순간순간은 모두가 절체절명의 순간이다. 그 절체절명의 순간에 꿀 한 방울이 흘러내린다. 어김없이 찾아와 갈대를 흔드는 가을바람이 그것이고, 한 철 미련 없이 살고 떨어져 쌓이는 노란 은행잎이 그것이다. 지금, 절체절명의 순간에 흥복사에 가볼 일이다. 낙엽 쌓인 흥복사 마당을 거닐며 전강 스님의 안수정등 화두를 떠올려볼 일이다. "어찌할 것인가." 묻고 또 물어볼 일이다. 묻고 또 묻는 일이 살아가는 일이기 때문이다. 바람이 갈대에게 묻는다. 어찌할 거냐고.

울진 불영사(佛影寺)

독룡이 살았던 연못엔
부처님 그림자가 늘 비치고

꼬불꼬불 고갯길이 힘겨워질 때쯤 일주문이 나타났다. 들판의 벼를 베어내듯 날 선 바람이 숲에 걸린 마른 잎들을 쓸어내리고 있었다. 깊은 겨울에 오고 싶었던 절, 불영사. 꼬박 이틀쯤 내린 흰 눈이 도량을 덮고, 그 그림자 비친 은빛 연못을 보고 싶었다. 하지만 아직은 그런 풍경을 볼 수 없다. 바라는 인연은 늘 쉽지 않다. 서쪽 산마루에서 부처님이 제자들을 데리고 법회를 열고 있다. 바위 모양이 영락없다.

불영사는 651년(진덕여왕 5)에 의상 스님이 창건했다. 후에 의상 스님이 다시 돌아와 9년쯤 살았다. 원효 스님도 여러 해를 함께 살았다

고 한다. 여러 차례 중수와 중건을 거쳤고, 임진왜란 때는 영산전만 남기고 도량이 모두 소실됐다. 1701년(숙종 27)에 진성 스님이 중수했고, 1721년 천옥 스님이 중건하여 오늘에 이르고 있다.

연못에 차가운 물결이 인다. 아주 먼 옛날 이곳엔 독룡이 살았다. 절 터임을 알아본 의상 스님은 사나운 독룡들을 다스리고 이곳에 절을 지었다. 다섯 분의 부처님이 나타나 불사를 축하했다. 이때 연못에 부처님의 모습이 비쳤으니 절 이름이 불영사다. 절들의 창건 이야기들은 대부분 납득하기 어려운 이야기들이 많다. 하지만 그 믿을 수 없는 이야기가 믿을 수 있는 이야기보다 더 필요할 때도 있다. 마주 앉은 마음이 천 년 전의 이야기보다 더 먼 이야기일 수 있기 때문이다.

박새 한 마리가 담장 위에서 벌레 한 마리를 물었다. 우주 하나가 사라졌다. 불영사 연못엔 늘 부처님의 그림자가 있다. 서산마루에서 법회를 여는 부처님이 늘 연못에 비친다. 불영사 연못은 법당이다. 오늘 밤엔 달빛 아래서 법회가 열린다. 눈이 내리는 날엔 은빛 하늘 속에서 법회가 열릴 것이다. 그날 다시 오고 싶다. 다시 와 연못 속에서 믿을 수 없는 그 천 년 전의 이야기를 다시 듣고 싶다. 천 년 전의 이야기보다 더 먼 이야기가 마음을 아프게 할 때 불영사 연못 앞에 서볼 일이다. 믿을 수 없지만 사라지지 않는 그 이야기를 듣고 있으면 지금의 우리의 이야기는 물거품처럼 사라질 것 같기 때문이다.

연못 옆에 모신 부처님이 멀리 천축산을 바라본다. 앙상해진 나뭇가지 사이로 겨울바람이 오가고, 연못 위의 빛바랜 연잎들이 눈을 감는다. 서산마루에서 다시 부처님의 설법이 들려온다.

김천 청암사(靑巖寺)

힘든 이들은 청암사로…
인현왕후처럼

"이렇듯 3, 4년이 지나니 천운이 순환하여 흥진비래(興盡悲來)에 고진감래(苦盡甘來)라, 부운이(浮雲)점점 걷힘에 태양이 다시 밝아오니, 성총(聖聰)의 깨달음이 계시어 민후의 억울하심을 알고, 장빈의 요음간악함을 깨치시어 의심이 가득하시니 대하시는 기색이 전과 다르시고 서인(西人)들이 후의 삼촌 숙질을 다 처벌하시라고 날마다 아뢰기를 수년에 이르렀으되 상감께서 마침내 불윤(不允)하시니 이러므로 민씨 일문이 보존되었던 것이었다."(『인현왕후전』 중에서)

모든 것을 알고 난 숙종은 후회했다. 길은 하나였고 멀었다. 하지만 그의 마음속에 '먼 길'이란 있을 수 없었고, 다른 길도 역시 있을 수 없었다. 그 먼 길 끝에 가엾은 여인 인현왕후가 있었다. 후회스럽고 미안한 마음으로 숙종은 그 먼 길을 가야 했다. 첩첩산중이었다. 그리고 절이 하나 있었다. 청암사였다. 장희빈으로 인해 궁에서 쫓겨난 숙종의 비(妃) 인현왕후는 청암사 극락전에 있었다. 까치가 울며 날아간다.

마른 잎들이 골짜기를 매우고, 헐거워진 숲엔 겨울바람이 들어 있다. 강원(講院) 댓돌 위에는 털신과 흰 고무신이 가지런히 놓여 있고, 문지방 너머엔 맑은 눈빛들이 들어있다. 청암사다.

청암사는 859년(신라 헌안왕 3년)에 도선국사가 창건했다. 창건 당시 구산선문 개조인 혜철(慧哲, 785~861) 스님이 머물렀다. 조선 중기까지의 기록은 전하지 않으며 1897년 폐사됐다가 1900년대 초 극락전을 복원하면서 불사가 이어졌고 오늘에 이르고 있다.

그녀는 궁으로 돌아간다. 흥진비래에 고진감래라. 힘든 시간을 견뎌낸 그녀는 왕후의 자리로 돌아간다. 힘든 시간을 보내고 있다면 청암사에 가볼 일이다. 한 여인이 견뎌낸 시간이 거기 있기 때문이다. 사람이 사람을 믿고 믿어주는 일은 어느 때 어느 곳에서도 쉽지가 않은 일인 것 같다. 백성을 품은 임금과 왕비도 그렇게 살았던 것을 보면 그렇다.

극락전 앞에 까치둥지가 보인다. 사라지고 짓기를 천 년. 까치집도

그렇게 힘든 시간을 견디고 있었다. 다시 까치가 운다. 사라졌던 절, 청암사. 천 년 도량도 천 년 세월도 모두 사라지지 않았다. 모두 힘든 시간을 견디고 있을 뿐이다. 골짜기의 마른 잎들, 숲의 겨울바람, 댓돌에 신 벗어 놓은 맑은 눈빛들. 학인 스님이 경전을 품에 안고 강원 툇마루를 오른다.

경주 기림사(祇林寺)

모르고 있을 뿐
우리는 다시 만난 것 아닐까.

"네가 인연 지을 곳은 250만 리 떨어진 해동이다. 그곳의 남쪽 지방에
명당이 있다. 그곳에 절을 짓고 중생을 제도하여 그곳이 불국토가 되도
록 하여라." 인도 수다라국 왕의 아들 안락국은 머나먼 고행 길에 오른
다. 그리고 신라 땅에 절을 세운다. 경주 함월산 기슭이다.

'달을 머금고 사는' 산, 함월산(含月山). 그 능선 위로 파랗게 벼려진
겨울하늘이 떠 있고, 그 쌀쌀한 하늘 끝에는 하얀 낮달이 걸렸다. 초승
달이다. 밤새 그 작은 몸은 끝도 없는 어둠을 읽었고, 이제 하얀 낮달이
되어 현판처럼 걸려 있다. 목탁소리가 들려온다. 기림사다.

　기림사는 643년(선덕여왕 12) 인도에서 온 광유 스님의 제자 안락국이 세웠다. 그 때는 임정사(林井寺)였다. 그 후에 원효(元曉, 617~686) 스님이 중창하고 기림사라 했다. 고려시대 들어서 각유 선사 등 여러 선지식들이 주석했다. 안락국의 아버지 수다라 왕은 부처님 당시 부처님의 제자였다. 그는 세속의 사랑으로 번민하다 성불하지 못한 채 입적한다. 그리고 그는 몇 번의 생을 거쳐 수다라국의 왕으로 살게 된다. 그의 도반이었던 광유 스님도 몇 번의 생을 옮겨 수다라 왕과 같은 생에서 만나게 된다. 불도를 이루고 입적했던 광유 스님이었으나 도반과의 약속을 지키기 위해 다시 여러 생을 옮겨온 것이다. 그 약속은 먼저 불도를 이룬 사람이 나머지 사람을 제도해 주자'는 것이었다.

　대적광전으로 보리수 그림자가 다가간다. 전각은 빛깔을 모두 버렸고, 보리수는 잎을 모두 떨궜다. 여러 생을 옮겨 만난 도반처럼 서로 한 그루 나무로 서 있다. 도반을 만난 수다라 왕은 눈물을 흘린다. 범마라 국의 임정사에 주석하고 있었던 광유 스님은 수다라 왕의 머리를 깎고 장삼을 입힌다. 그리고 세월이 흘러 수다라 왕은 성불한다. 또한 그의 아들까지 광유 스님의 제도로 성불한다. 설화다.

　사시예불이 끝났다. 다가간 보리수 그림자가 꽃살문을 연다. 우리 모두는 다시 만난 것이 아닐까. 꽃잎을 짚고 선 스님이 그 꽃잎을 깎았고, 법당 안에서 예불을 마친 스님은 법당을 지었을지 모른다. 모르고 있을 뿐, 우리는 다시 만난 것이다. 만나고 헤어지고 또 만나는 일이 중생사 인가 싶다.

　헤어진 사람이 떠오른다면 기림사에 가볼 일이다. 모두 다시 만나고 있기 때문이다. 한 숲에 살았던 나무가 다시 만났고, 함께 불사를 했던 도반이 다시 만났다. 다시 만난 이야기가 있기 때문이다. 작은 초승달 이 오늘밤 또 끝없는 하늘을 만난다. 차가운 바람이 꽃살문을 여민다.

공주 동학사(東鶴寺)

길을 잃었다면
발길을 동학사로

1879년(고종 16) 어느 날. 스님은 문득 스승이 생각났다. 출가한 지 25년
만이었다. 스승이 보고 싶어진 스님은 이튿날 바로 길을 나선다. 하지만
길을 나선 지 며칠 되지 않아 스님은 발길을 돌려 돌아온다. 절은 동학
사. 스님의 이름은 경허(鏡虛, 1849~1912)다.

계룡산. 눈이 왔다. 하얀 숲이 햇살 아래 고요하다. 까치 한 마리가
산을 내려온다. 까치 울음소리가 산을 덮는다. 울음소리가 사라지고 산
은 다시 고요해졌다. 산이 있는 이유 중의 하나는 '고요'가 아닐까. 모든
언어가 산 앞에서는 '고요'가 된다. 그리고 그 고요의 점정(點睛)은 '절'이

아닐까 생각한다. 계룡산 기슭에도 고요하게 절이 하나 있다. 동학사.

동학사는 724년(신라 성덕왕 23)에 상원 스님이 조그만 암자 하나를 지으면서 시작됐다. 스님이 입적한 후 제자인 회의 스님이 도량을 다시 짓고 청량사라 했다. 고려에 들어와 도선 국사가 중창했고, 이후에 사찰이 커지면서 동학사로 고쳐졌다. 한국전쟁 때 거의 소실된 도량을 1975년 보수해 오늘에 이르고 있다.

스승을 찾아가던 경허 스님은 괴질이 돌고 있는 마을을 지나가게 된다. 많은 백성들이 힘없이 죽어가고 있었다. 허망한 죽음을 바라본 스님은 많은 생각 끝에 발길을 돌려 동학사로 돌아온다. 스님은 동학사 강원에서 여러 해 동안 강사를 지내고 있었다. 길 위에서 길을 잃은 스님은 동학사로 돌아와 그날로 목숨을 건 참선고행을 시작한다. 스님은 3개월 만에 문을 열고 나온다. "세속과 청산 그 어디가 옳은가 / 봄볕 있는 곳에 꽃 피지 않은 곳 없구나." 끊어졌던 우리 불교의 선맥은 그렇게 다시 시작됐다.

강원(승가대학) 졸업식이 있었다. 공부를 마친 스님들이 산문을 나선다. 그 옛날 경허 스님이 스승을 찾아 나섰던 길. 길을 잃고 돌아왔던 길. 그들도 스승을 찾아 그 길에 섰다. 길을 잃고 돌아와 그 옛날 서안 앞에 다시 앉을지도 모를 일이다. 하지만 길을 찾는 것도 길을 잃는 것도 결국 길 위에 섰을 때 할 수 있는 일이다. 나설 길이 있다는 것만으

로도 오늘이 충분하지 않을까.

북적이던 도량이 고요해졌다. 어디선가 길을 잃었다면 동학사로 발
길을 돌려볼 일이다. 우리 불교의 나침반 같은 이름 '경허'와 그가 걸었
던 길이 거기 있기 때문이다. 다시 돌아와 더 큰 길을 걸어갔던 선지식
의 발자국이 거기 있기 때문이다. 하루를 밝혀준 해가 산 너머로 식어
간다. 산도, 절도, 다시 고요하다.

해남 대흥사(大興寺)

초의 스님이 좋아했던 차(茶)는
선(禪)이 되었다

일주문을 지나자 부도밭이 나온다. 그야말로 부도 '밭'이다. 부도 54기
와 탑비 27기. 서산대사(휴정, 1520~1604)를 비롯해 풍담에서 초의까지.
만화에서 완호까지. 그 밖의 이름들. 조선조 억불의 시절을 살아낸 불
명(佛名)들이 시절을 이해한 듯 음각(陰刻)의 깊이를 낮추고, 이해마저
도 필요 없는 이름들은 하나 둘 부도를 떠나기 시작했다. 겨울바람이
장송의 그림자를 흔들고, 스승과 제자의 이름이 한 햇살에 젖고 있다.
땅 끝에 있는 대흥사다.

대흥사의 창건 연대는 정확하지 않다. 426년 신라의 정관 스님이 창

건한 만일암이 시작이란 설과 544년 아도의 창건설, 508년 이름이 전하지 않는 비구가 중창했다는 설이 있다. 임진왜란 때 서산대사가 거느린 승군의 총본영이 있었으며, 1604년(선조 37) 서산대사의 의발(衣鉢)이 전해진 후 크게 중창됐다. 억불의 탄압 속에서도 대흥사는 많은 선지식을 배출했다. 풍담 스님으로부터 초의 스님에 이르기까지 13분의 대종사와 만화 스님으로 시작해 범해 스님에 이르는 13분의 대강사를 배출했다.

"내가 시적(示寂)한 뒤에 의발을 호남도 해남현 두륜산 대둔사(대흥사

의 옛 이름)에 전하여 제삿날에 재를 받게 하라." 묘향산 원적암에서 정
진 중이던 스님은 원적에 든다. "80년 전에는 네가 나이더니 / 80년 후
에는 내가 너로구나." 스님의 마지막 시(詩)다. 스님의 의발은 대흥사에
모셔진다. 그리고 그의 법맥이 대흥사에서 꽃을 피운다. 그 꽃들이 부
도밭에 피어 있다.

바람이 분다. 차가운 바람 앞에 초의 스님이 앉았다. 찻잔 앞에 앉은
선사는 그 시절 차를 좋아했다. 선사가 좋아했던 '차'는 '선(禪)'이 되었
다. 13대종사 중 마지막 대종사. 마지막 꽃이다. 제자를 찾고 있는 걸까.
선사의 시선이 아직도 그 시절에 머무는 듯하다. 차가운 찻잔에 햇살이
고인다.

마지막이어서 아쉬운 것이 있다면 대흥사에 가볼 일이다. 마지막이
라고 불리는 한 선지식이 도량을 떠나지 않고 있기 때문이다. 도량을
떠나지 않고 있는 스님의 형용사는 결코 '마지막'이 될 수 없기 때문이
다. 언젠가는 스님의 뒤를 누군가 이을 것이다. 누군가가 나를 이어간
다는 것은 정말로 고맙고 따뜻한 일인 것 같다. 누군가가 누군가를 이
어간다는 것, 그 '누군가'가 있기에 세상이 이어지는 것이 아닐까. 그러
기에 우리의 삶이 계속되는 한 마지막이란 없는 것이다. 빛깔 잃은 개
망초들이 겨울바람을 견디고 있다.

영월 법흥사(法興寺)

저 산 너머엔 분명
부처님이 계신다

단청도 현판도 없는 당우 하나가 여백 끝에 찍힌 낙관처럼 산기슭 한편에 서 있다. 극락전이다. 곧 사라질 당우다. 떨어질 때가 된 마른잎처럼 시간 끝에 매달린 당우는 대웅전으로 고쳐 지어질 예정이다. 겨울새가 날아간 하늘 끝은 차갑기만 하고, 이름마저 놓은 당우의 그림자는 무념에 들었다. 부처님 진신을 모신 법흥사다.

법흥사는 643년(신라 선덕여왕 12) 당나라에서 부처님 진신사리를 모시고 돌아온 자장(慈藏, 590~658) 스님이 창건했다. 그 때는 흥녕사였다. 헌강왕 때 절중 스님이 중창하여 구산선문 중 사자선문의 중심 도량으

로 삼았고, 이후 조선시대까지 소실과 중창을 반복하며 명맥을 이어왔
다. 폐사 직전까지 갔던 흥녕사를 1902년 비구니 대원각 스님이 법흥
사로 개창해 지금에 이르고 있다.

"내 차라리 계(戒)를 지키며 하루를 살지언정 계를 깨뜨리고 백 년을
살기를 원치 않는다." 율사 자장. 당나라에서 돌아온 스님은 모시고 온
부처님 진신을 오대산 상원사, 태백산 정암사, 영축산 통도사, 설악산
봉정암에 다시 모셨다. 그리고 마지막으로 이곳 사자산에 모셨다. 하지
만 부처님 진신을 정확히 어디에 모셨는지는 아무도 모른다. 지금의 적
멸보궁에서 바라다보이는 산봉우리 넘어 어딘가에 모셨다고만 전해
온다. 자장 스님만이 알고 있을 뿐이다.

제3부 절로 향하는 마음

스님 두 분이 산길을 걷는다. 적멸보궁 가는 길이다. 그러고 보니 모든 길에는 정해진 곳이 있었다. 집에 가는 길, 절에 가는 길. 너에게로 가는 길. 부처님께 가는 길. 우리는 늘 길 위에 있다. 집을 나서 절에 가고 절을 나서 집으로 가고, 너를 만나러 가고, 부처님을 만나러 간다. 보궁 지붕 너머로 사자산이 보인다.

찾아야 할 것을 찾지 못할 땐 법흥사에 가볼 일이다. 한 선지식의 깊은 뜻이 거기 있기 때문이다. 분명 사자산 어딘가에 있을 부처님의 진신을 생각하면 찾고 있는 것은 분명 어딘가에 있다는 것을 알게 되기 때문이다. 사자산 기슭 어딘가에 분명 부처님이 있듯, 우리 마음속 어딘가에도 부처님이 분명히 있음을 설하고 있는 것이 아닐까. 사자산 어딘가에 모신 부처님을 자장 스님만이 알고 있듯이 각자가 가진 부처가 어디 있는지는 본인만이 알 수 있음 또한 설하고 있는 것이 아닐까. 햇살 사이로 싸리눈이 내리기 시작한다.

순창 구암사(龜巖寺)

오래된 이름 오래된 그리움과
만날 수 있다

가파른 산길을 오른다. 새소리 바람소리도 가파르게 들려온다. 산길과 친해질 때쯤 작은 부도밭을 만났다. 낙엽 위에 서 있는 이름은 '정관', '설파', '백파.' 아! 그 이름들이 거기 있었다. 돌담 하나 두르지 않은 부도 3기의 부도밭은 조금 쓸쓸해 보였다. 부도밭이라기보다는 사람의 발길을 잊은 '숲'이었다. 도량이 보인다. 구암사다.

주지(지공) 스님이 방문을 연다. 작은 도량. 객이 하나 왔을 뿐인데. 도량은 금방 태가 난다. 법당 하나. 지붕 위로 구름 하나. 오늘은 객이 하나. 찻잔 앞에 앉았다. "스님, 구암사에 오래 계신 것으로 아는데요,

특별히 구암사에 계시는 이유라도 있으신가요?" 스님이 말없이 찻잔을 들었다. 침묵이 차 한 잔을 마셨다. 빈 찻잔에 다시 차를 채운 스님은 먼 시선 끝에다 말을 붙였다. "뭐, 갈 곳이라는 게, 살 곳이라는 게 따로 없으니까요…."

구암사는 고창 선운사의 말사로 623년(백제 무왕 24) 숭제 스님이 창건했다. 1392년(조선 태조 1)에 구곡 스님과 각운 스님이 중창했고, 태종 때 구암사로 이름이 바뀌었다. 사세가 점점 번창했으나 1592년(선조 25) 임진왜란 때 화재로 소실됐다. 구암사가 사세를 다시 일으킨 것은 영조 때 설파 스님과 상언 스님이 머물면서부터다. 백파·정관·설두·

유형·설유·처명·학명 그리고 석전과 운기 스님까지. 구암사는 인재로 넘치는 도량이었다. 특히 석전(박한영) 스님은 출가와 재가를 아울러 많은 인재를 길렀다. 이광수, 최남선, 신석정, 조지훈, 서경보, 청담 그리고 운허까지. 종교를 떠나 한 시대의 지성이었다. 1950년 한국전쟁으로 도량은 다시 소실됐다. 1973년 중창하여 오늘에 이르고 있다.

침묵 사이를 오가던 스님의 이야기가 어느새 설파에서 시작해서 운허까지, '구암사'를 쓰고 있었다. 스님의 언간에는 지금은 볼 수 없는 구암사와 스승들을 향한 그리움이 있었다. 인재로 넘쳐나고 살림도 지금 같지 않았던 도량은 객이 하나만 들어도 표시가 나는 작은 도량이 되어 있었다. 찻잔을 비운 스님은 방을 나와 마당을 거닐었다. 툇마루에 앉은 객은 마당을 걷는 스님의 뒷모습에서 석전도 만나고 추사와 청담, 운허까지 만난다. 누군가를 만난다는 것은 그 사람의 생각과 만나는 것이고, 또한 그 사람의 그리움과도 만날 수 있는 것이었다. 말없이 마당을 거니는 스님의 뒷모습에서 잊혀진 구암사를 볼 수 있었고, 스님이 그리워하는 사람들을 볼 수 있었다. 도량 끝에 선 스님은 부도밭 쪽을 한참 동안 바라보고 있었다.

　그립고 부르고 싶은 이름이 있다면 구암사에 가볼 일이다. 도량 끝에 선 스님의 뒷모습을 보고 있으면 훨씬 더 오래된 이름과 훨씬 더 오래된 그리움 앞에 서게 될 것이기 때문이다. 누구나 그립고 부르고 싶은 이름과 그리움을 가지고 산다는 것을 알 수 있기 때문이다. 산길을 내려간다. 다시 만난 부도의 이름은 이제 쓸쓸해 보이지 않았다. 침묵이 차를 마시듯 누군가의 그리움이 그 이름을 부르고 있었다.

제4부

절 속의
문화 읽기

안동 영산암(靈山庵)

영화 속에서 보았던 '옛날'과
'자연'을 만나다

"스님은 왜 산에 계십니까?"

환속을 결심한 기봉 스님이 큰스님에게 물었다. 큰스님은 법당 처마 끝을 바라보며 말했다.

"강남에서 온 제비야 고향길은 어디로 나 있더냐? 네가 물어간 볍씨 한 알에 황금빛 수선화는 입을 열더냐?"

1989년, 〈달마가 동쪽으로 간 까닭은〉(이하 〈달마가…〉)이라는 영화가 개봉됐다. 스님 셋이 주인공인 영화다. 그 때 나는 달마가 누군지 몰랐다. 동쪽으로 간 것도 몰랐고, 왜 갔는지는 더욱 몰랐다. 그리고 영화

를 촬영한 곳이 이곳 영산암이었다는 것도 20여 년이 지나서 알게 됐
다. 연로한 큰스님이 방안에서 문살에 기댄 햇살을 밀어내며 동자 해진
을 부른다. "해진아!" 열린 문으로 지금 내가 서 있는 작은 마당이 보이
면서 영화는 시작된다.

영산암은 신라 문무왕 12(672)년에 의상대사의 제자인 능인 스님이
창건한 봉정사(鳳停寺)의 부속 암자다. 영산암의 정확한 건립 연대는 알
수 없으나 몇 가지 사료를 통해 19세기 말로 추정하고 있다. 우화루와
관심당, 송암당, 응진전, 삼성각으로 이뤄진 영산암은 전각의 배치가 독
특하고, 특히 마당이 아름다운 암자다. 출입문인 우화루 밑을 지나 돌계
단 몇 개를 오르면 결코 크지 않은 마당이 도량을 마무리하고 있다. 이
마당에서 혜곡 큰스님은 세간으로 돌아가려는 기봉 스님에게 지팡이를

던지며 역정을 낸다. "말해라 말해! 마음달이 물밑에서 차오를 때 나의
주인공은 어디로 가느냐?" 큰스님이 기봉 스님에게 준 화두였다.

영화에서 영산암은 다 스러져가는 암자처럼 묘사된다. 지금의 모습
과는 많이 다르다. 지금은 법당 툇마루도, 관심당 문살도 영화 속하고
는 다르다. 스러져가는 암자의 모습은 절대 아니다. 영산암에는 응진전
뒤로 편안한 소나무 숲이 있다. 그 숲속 작은 언덕으로 조금만 올라가
면 영산암이 한눈에 내려다보인다. 작은 암자다. 바람에 날려 온 꽃씨
가 바람이 정해준 곳에 자리를 잡듯 영산암은 자연 속에 자연스럽게 피
어 있었다. 억지로 땅을 밟지도 깎지도 않았고 길을 내지도 않았다. 영
화 속에서 보았던 '옛날'이 있었고, '자연' 속에 있었다.

내려다보이는 마당 위로 영화 속 장면들이 지나간다. 산새 한 마리를 죽임으로써 삶과 죽음의 문제 속에 던져진 어린 해진의 모습. 끊고 싶은 괴로운 숙명 속에서 대자유를 갈망했던 기봉 스님의 모습. 석등에 불을 켜며 저녁 마당을 거닐던 혜곡 큰스님의 모습. 영화 속에서 보았던 암자의 마당이 21년의 세월을 건너 작은 스크린처럼 눈앞에 펼쳐져 있고 귓가에는 기봉 스님의 독백이 들려왔다.

"그는 홀로 왕궁을 나와 검은 숲으로 갔습니다. 하지만 2,500여 년 전 어느 날 이 땅에 있었던 그의 떠남은 세상을 등져버린 떠남이었던가요? 그는 출가를 통해 이 땅의 모두에게로 시간을 초월하여 돌아와 있는 것입니다. 그는 떠나간 것이 아니라 우리 모두에게 돌아와 있는 것입니다. 그가 떠나간 것은 모두에게로 완전하게 돌아오기 위한 것이라는 것을 알고 있지요"

〈달마가…〉는 보통의 영화와는 다르게 스토리 중심의 플롯을 버리고 회화적인 영상과 상징적인 대화를 중심으로 영화를 끌고 간다. 혜곡 큰스님의 설법과 기봉 스님의 독백이 이 영화를 보게 만드는 힘이다. 대화 속에 숨어 있는 상징과 은유, 그 뒤에 따라붙는 감각적이고 불교적인 영상이 그 힘을 더 큰 힘으로 만들어 영화를 완성한다. 21년 만에 다시 본 영화가 영산암으로 향하게 했다.

영산암으로 오르는 길에는 소나무 숲길이 있다. 그리 길지 않은 숲길은 경사 때문에 천천히 오를 수밖에 없어서 짧지 않은 숲길이 되어 절에 가는 맛을 더한다. 영산암은 봉정사보다 약간 높은 곳에 바로 붙어 있어서 우화루나 영산암 밖에서 봉정사를 한눈에 볼 수 있다. 보물 제 55호인 봉정사 대웅전에서 부처님을 뵙고 나와 한 오십여 개의 돌계단을 오르면 영산암이다. 꽃비(雨花)가 내리는 우화루 밑을 지나면 혜곡 스님이 불을 켜던 석등이 보이고 석등을 보며 돌계단을 오르면 혜곡, 기봉, 해진 스님의 발자국이 숨어 있는 영산암 마당이 나온다. 영산전에 갈 계획이 있는 불자들이 있다면 그 옛날 그 영화를 다시 한 번 보고 떠나보는 것도 괜찮을 것 같다.

영산암에 밤이 오고 불 켜진 응진전 문살 너머에서 동자 해진의 저녁 예불 소리가 들려온다. "지심귀명례" 풍경소리 같은 해진의 예불소리가 영산암 어둠 속에 번지고, 석등 앞에 선 기봉 스님은 법당을 향해 합장을 한다. 기봉 스님은 해진에게 큰스님의 유품을 전해주고 암자를 떠난다. 멀어진 기봉 스님의 뒤를 따라가며 해진이 묻는다.
"스님, 어디로 가세요?"

〈달마가…〉가 상영되고 그로부터 10년 뒤 영산암에서는 또 하나의 영화가 촬영되는데 2002년에 개봉한 〈동승〉이다. 월북 작가 함세덕의 원작 희곡 〈마음의 고향〉을 리메이크한 영화인데, 세 스님의 이야기라는 설정은 〈달마가…〉와 비슷하다. 다음에 영산암에 올 때는 영화 〈동승〉을 다시 보고 와야 할 것 같다.

제4부 절 속의 문화 읽기

사천 다솔사(多率寺)

툇마루에 앉아 보이지 않는
김동리를 떠올리다

김동리는 다솔사가 마음에 들었다. 고향의 자연을 사랑했던 그는 고향
에 있는 것들이 모두 있는 다솔사가 마음에 들었다. 한 해 겨울을 살고
나서 나중에는 그곳에서 한참을 살았다. 그리고 그는 그곳에서 '등신
불'을 쓰기 시작했다.

"내가 묵는 절간 방문 앞에는 크고 작은 파초가 여러 포기 다른 나무
와 꽃들을 가리듯 하고 서 있었다. 넓은 툇마루에 나앉아 갠 하늘과 파
초 잎만 바라보고 있노라면 뻐꾸기 소리, 딱따구리 소리, 북소리, 경쇠
소리들마저 귀로 들려온다기보다 파초 잎이 묻혀다 전해주는 듯한 착

각을 일으키곤 했다."

다솔사는 신라 지증왕(503) 때 연기 스님이 세운 절이다. 전나무와 소나무가 어우러진 숲길에 들어서면 어느새 깊은 숲의 호흡이 다가오고 간간히 들려오는 산새 소리는 숲의 깊이를 전해 온다. 숲길의 끝에 서면 적멸보궁을 둘러싼 돌담들이 자연스럽게 도량으로 들어서게 한다. 일제강점기 때 만해 스님을 비롯한 효당 최범술, 변영태, 변영만, 김범부 등 수많은 우국지사들이 독립운동의 '터'로 썼던 대양루가 도량 맨 앞줄에 서 있다. 적멸보궁에는 와불상이 모셔져 있고 와불 너머로 사리탑이 있다. 김동리가 「등신불」을 썼던 안심료는 만해 스님이 독립선언서의 초안을 작성한 곳이기도 하다. 고찰들이 대부분 그렇듯 다솔사도 자장율사, 의상대사, 도선국사, 나옹선사 등 여러 선지식들이 머물다 갔다.

한국 근대문학을 이끌었던 「무녀도」, 「등신불」의 김동리(1913~1995)는 20대와 30대의 젊은 시절을 다솔사에서 보낸다. 맏형 범부를 따라 다솔사를 찾았던 그는 만해 스님을 만나게 되고, 만해 스님과 범부와 주지 범술 스님의 대화 중에 '소신공양(燒身供養)'에 대해서 듣게 된다. 충격에 휩싸인 그는 그 때 벌겋게 달아오른 향로를 머리에 쓰고, 가부좌 자세로 소신공양을 하는 '만적'(등신불의 주인공)을 만들어낸다. 그로부터 20여 년이 흐른 뒤에 발표된 소설 「등신불」에서 만적 스님은 그렇게 소신공양을 한다.

　만적 스님은 자신과 자신의 어머니로 인해 집을 나가게 된 이복동생
을 찾아 나섰다가 동생을 찾지 못한 채 출가를 하게 되고, 십 년이 지난
어느 날 문둥병에 걸린 동생을 만나게 된다. 동생을 다시 만난 만적 스
님은 눈물을 흘리며 자신의 목에 걸었던 염주를 동생의 목에 걸어주고
그길로 절에 돌아와 음식을 끊는다. 그리고 이듬해 봄 소신공양을 한
다. 끊어낼 수 없는 번뇌를 짊어진 채 만적 스님의 육신은 연기로 화했
고 퍼붓는 비로도 재울 수 없었던 뜨거운 몸짓은 등신불이 되었다.

　「등신불」은 종교를 소재로 다루면서도 실존적인 측면에서 종교의 문
제에 접근했다는 것이 특징이고, 짧은 줄거리 안에서도 시간과 공간,

인물과 상황의 다양한 변화를 시도하고 있다. 또한 단편의 속도감 속에 끝까지 여유롭게 스며 있는 '불교'는 이 소설의 진정한 매력이다. 「등신불」을 집필했던 안심료 툇마루에 앉아 김동리를 떠올렸다.

다솔사는 키 큰 나무 숲 대신 차밭으로 둘러싸여 있다. 신라 때부터 있었던 차밭은 효당 스님의 손을 거치면서 더 넓어지고 깊어졌다. 밑에서 보면 도량이 차밭을 지고 있고, 차밭에 올라 내려다보면 도량은 둥지 속에 안겨 있는 듯했다. 차밭을 따라 올라가면 법당의 지붕들이 산능선이 모여 있는 것처럼 보인다. 푸른 잎의 차밭 때문인지 차밭에 둘

제4부 절 속의 문화 읽기

러싸인 다솔사는 겨울의 한 가운데서도 그다지 앙상해 보이지 않았다. 차밭을 따라 걷다보면 도량을 모두 둘러보게 된다. 도량을 다 보고 내려왔을 때 후원 굴뚝에서는 뽀얀 연기가 솟고 있었다. 밥냄새를 달고 허공으로 날아가는 연기 끝에는 낮달이 짙어가고 있었다.

김동리는 사는 동안 다솔사와 사천에서 11년을 살았다. 그는 등신불 외에도 많은 작품을 통해 고향과 자연, 삶과 종교를 소설화 했다. 김동리의 작품엔 단편들이 많다. 다솔사에 간다면 안심료 툇마루에 잠깐 앉아 그의 단편 하나 읽고 일어나는 것도 괜찮을 것 같다. 등신불 말고도 1977년에 발표된 「저승새」는 절집에 앉아 읽을 만한 단편이다.

강진 무위사(無爲寺)

무위사에는 500년 전 전설이
전시되고 있다

극락보전의 문은 99일 동안 닫혀 있었다. 노스님과 100일을 약속했던 주지 스님은 법당 안이 너무나 궁금했다. 전설은 늘 하루를 참지 못했다. 주지 스님은 법당 문을 열고 말았다. 법당 안에는 벽화를 그리겠다고 했던 노스님 대신 파랑새 한 마리가 입에 붓을 물고 벽화를 그리고 있었다. 주지 스님은 놀랐고 놀란 주지 스님에 놀란 파랑새는 벽화를 끝맺지 못한 채 어디론가 날아가 버렸다. 그리고 파랑새가 그린 미완의 벽화는 훗날 국보로 불린다.

　남쪽 땅은 젖어 있었다. 이른 봄비 끝에 묻어 온 짙은 안개와 운해가 길

을 감추고 월출산 허리를 지워가고 있었다. 그 감춰진 길 끝에, 지워진 산기슭에 전설의 극락보전이 있었다. 그리고 미완의 벽화가 거기 있었다.

　무위사는 신라 진평왕 39년(617)에 원효 스님이 세운 절로 500년 전에 그려진 벽화를 31점이나 그대로 간직하고 있는 미술관 같은 절이다. 그 31점의 벽화가 그려진 극락보전 역시 당대의 빼어난 건축미를 지니고 있는 국보(13호) 불전이다. 안타깝게도 지금은 보물에서 국보(313호)로 승격된 후불 아미타여래삼존벽화와 후불벽화 뒷벽에 그려진 백의관음도(보물 1314호)만이 극락보전에 그대로 남아 있고, 나머지는 1956년 극락보전을 보수하는 과정에서 벽화보존각을 세워 그곳에 봉안했다.

극락보전에 들어서면 벽화를 들어낸 쓸쓸한 벽들이 전설 속의 파랑새를 떠올리게 한다. 하지만 색채를 잃은 빈 벽의 쓸쓸함은 새로운 구도로 그려진 조선불화 한 폭을 감상하는 동안 잊게 된다. 협시보살을 아미타여래와 거의 나란히 세우고 나머지 공간을 6나한으로 채운 원형 구도의 아미타여래삼존벽화는 협시보살을 아미타여래 무릎 아래에 그려 위계를 강조했던 2단 구도의 고려불화에서 벗어난 새로운 형태의 조선불화이다. 전설 속의 파랑새는 그 벽화에서 관음보살의 눈동자를 그리지 못했다. 전설은 여기에서 만들어진 듯했다. 관음보살의 눈동자만이 그려지지 않은 것에서 누군가 만들어낸 전설인 것 같다. 화기(畵

記)에 의하면 극락보전의 벽화는 해련 스님과 선의 스님 등이 그린 것으로 되어 있다.

　잠시 잊었던 빈 벽의 쓸쓸함이 결국 나머지 벽화가 봉안되어 있는 벽화보존각으로 향하게 했다. 극락보전 벽에 붙어 있어야 할 벽화들이 아프리카 초원에서 잡혀 온 동물원의 동물처럼 이름표를 붙이고 유리관 안에 걸려 있었다. 아쉬운 일이었지만 볼 수 있는 것만으로 감사해야할 일이기도 했다. 슬픈 역사와 함께 사라진 성보들이 너무나 많기 때문이다. 극락보전에서 빈 벽의 쓸쓸함이 벽화보존각으로 향하게 했다면, 이번엔 벽을 잃은 벽화들의 쓸쓸함이 다시 극락보전으로 향하게 했다. 다시 극락보전에 서서 마음속에 담아 온 벽화들을 빈 벽에 붙여 보았다. 500년 전의 법당이었다.

　당연히 있어야 할 것 같은 산과 당연히 흘러야 할 것 같은 강물처럼 무위사는 월출산 기슭에 있었다. 무위사를 찾는다면 미술관에 가는 기분으로 길을 나서보는 것도 괜찮을 것 같다. 고려불화를 몰라도 좋고, 조선불화를 몰라도 괜찮다. 법당을 돌며 벽을 잃은 벽화와 벽화를 잃은 극락보전의 빈 벽을 쓰다듬어 보는 것이다. 파랑새가 그렸든 해련 스님이 그렸든 지나간 일은 모두 같은 전설이다. 풍경소리가 울리고 목탁소리가 들리는 전남 강진의 미술관에는 500년 전의 전설이 전시되고 있었다.

극락보전의 풍경을 요란하게 울리며 봄바람이 불어왔다. 천불전 뒤의 산봉우리에 머물던 운해가 순식간에 도량으로 내려왔다. 말 한 번 붙여 보지 못한 삼층석탑이 운해 속으로 사라지고, 애달프게 바라보던 극락보전은 지붕 끝만 섬이 되어 마당 위에 떠올랐다. 운해에 떠밀려 천왕문을 나섰다. 마지막 남은 천왕문도 운해 속으로 사라졌다. 미술관은 그날 그렇게 문을 닫았다.

군위 인각사(麟角寺)

선산을 찾는 후손의 마음으로
찾아야 할 곳

"오늘은 내가 갈 것이다."

1289년 음력 7월 8일, 84세의 일연(一然, 1206~1289) 스님은 제자들에게 자신의 입적을 알리고 바로 적멸에 든다. 서안 앞에 앉아 매일 먹을 갈고, 그 먹을 들어 민족의 역사를 꼼꼼히 써내려갔던 스님은 마침내 자신이 써내려간 역사의 긴 문장 끝에 눕고, 스님이 떠난 자리엔 후손들이 읽어야 할 명작 하나가 남는다. 『삼국유사』(국보 306호)다.

700년 전 스님을 여읜 인각사는 스님이 남긴 증거 속에 겨우 살아있을 뿐이었다. 스님을 여의었듯 거듭된 슬픈 역사 속에서 천 년의 도량

을 모두 여의었다. 일주문도 없었고 천왕문도 종루도 없었다. 2차선 아스팔트 도로에서 바로 시작되는 도량엔 2001년에 세워진 국사전과 조선시대 당우로 유일하게 남아 있는 명부전만이 향을 피우고 있었고, 역사가 묻어버렸던 차가운 돌무더기와 일연 스님의 부도(보물 428호)가 도량의 뒤뜰을 지키고 있었다.

인각사는 신라 선덕여왕 시대(11~12년)에 세워진 절로 일연 스님이 삼국유사를 완성하고 입적한 절이다. 사라진 인각사의 옛 모습은 자세히 전하는 문헌이 없어 가람의 형태를 유추하기 어렵다. 1992년부터 시작된 발굴 작업을 통해 절의 규모와 형태를 찾고 있다.

일연 스님은 고려 희종 2년(1206), 최충헌이 세상을 잡은 무신의 시대에 태어난다. 9세 때 어머니의 손에 이끌려 광주의 무량사로 들어가 공부를 시작한 스님은 14세에 강원도 양양의 진전사에서 머리를 깎고 구족계를 받는다. 그리고 충렬왕 9년(1283)에 국사가 된다. 스님이 살아야 했던 시절의 역사는 참으로 어려웠다. 정치적으로 어려웠고 몽고의 침략으로 더욱 어려웠다. 백성이 견뎌야 할 어려운 시절과 국사로서 스님이 감당해야 했던 위태로운 역사가 『삼국유사』라는 역작을 쓰게 한다.

고조선에서 삼국시대까지의 역사를 기록한 『삼국유사』는 다른 역사서와 많이 다른 책이다. 우선 역사서라 불림에도 불구하고 『삼국유사』는 완벽한 '사실의 책'이라고 보기는 힘들기 때문이다. 사료와 문헌을 중심으로 연대를 따라 역사를 기록한 보통의 역사서와 다르게 『삼국유사』는 스님이 평생 이 땅의 곳곳에서 보고 들은 이야기들을 자유분방하게 엮어놓았다. 이야기마다 동원된 무한의 상상력이 그것이며, 마지막 책장을 덮을 때 자연스럽게 용인되는 그 상상력은 역사를 확장시키고, 우리의 문화와 불교를 확장시킨 이 책의 매력이며 값어치다.

일연선사 생애관에 전시되어있는 『삼국유사』 범어사본. 조선 태조 3년(394) 4월 간행.

힘들고 위태로운 시절을 함께 살았던 한 나라의 국사가 백성들이 알아야 할 역사와 문화, 종교, 신화 등을 백성을 생각하며 쓴 『삼국유사』는 단군 신화로 시작하는 민족의 족보이자 '순도가 고구려에 오다'로 시작되는 불교 문화서이고, 삼국 시조의 탄생 이야기와 향가가 수록된 설화와 신화의 모음집이자 문학서인 동시에 역사와 철학이 지나간 인문서다.

『삼국유사』는 완벽한 사실의 책이 아닌 역사서임에도 불구하고 우리가 누구인지를 알게 해준 기록이고, 우리가 어떻게 살아야 할지를 생각하게 해준 물음이다. 『삼국유사』가 없었다면 우리는 단군을 모른 채 살았을 것이고, 수많은 우리의 설화와 신화를 모른 채 살았을 것이다. 또한 『삼국유사』가 없었다면 우리는 700년 전 우리 곁에 왔다 간 일연이라는 가슴 따뜻했던 한 스님의 이름을 모른 채 살아야 했을 것이다.

스님의 부도 곁으로 까치 한 마리가 다가갔다. 인각사를 찾는다면 절을 찾는다는 마음보다는 선산(先山)을 찾는 후손의 마음으로 가는 것이 더 좋을 것 같다. 백성과 후손을 생각했던 조상을 만나러 가는 것이다. 『삼국유사』의 뜨거운 의미를 떠올리며 찾아간 역사의 도량 인각사. 당우 두 채만이 서 있는 아쉬운 도량의 뒤뜰에는 스님의 부도가 그 옛날 스님의 마음처럼 차가운 돌무더기 사이에서 따뜻하게 서 있었다.

해남 일지암(一枝庵)

나뭇가지 하나로도
넉넉하다

대흥사(대둔사)의 13대 종사 중 마지막 대종사인 초의(草衣, 1786~1866) 스님은 어느 날, 쉬어갈 나뭇가지 하나를 찾는 산새처럼 조용한 곳에 암자 하나를 짓는다. 그리고 40년을 그곳에서 쉬었다 간다. 초의 스님의 마지막 한 자리 일지암이다.

대흥사 마당에 들어섰을 땐 이미 날이 저물고 있었다. 일지암은 대흥사 산내 암자다. 초의 스님의 일지암은 스님이 입적하시고 난 후 폐허가 됐고, 지금의 일지암은 옛터를 찾아내 복원한 것이다.

어둠 속에서 만난 일지암에는 3대 주지(암주)인 무인(無因) 스님이 차

를 우려 놓고 계셨다. 손수 만든 차였다. 다구 속에 담긴 찻잎은 초의 스님이 일군 일지암 차밭에서 온 것이었다. 명차였다. 차 맛을 읽을 줄 몰라 죄송스러웠다. 일지암에서 차 맛을 몰라보는 것은 문맹이었다. 스님이 빈 찻잔에 차를 채웠다.

초의 스님은 종사로서의 면모는 물론이고, 시(詩)·서(書)·화(畵)·차(茶) 등 많은 분야에서 깊었던 분이었다. 그 중 차에 관한 업적이 특히 후세에 많이 전해졌다. 스님은 깊은 다인(茶人)이었다. 일지암을 짓고 난 후 일대에 차나무를 심고, 다서(茶書)의 고전인 『다신전』과 『동다송』을 썼다. 특히 『동다송』은 다인들에게 더없이 소중한 책으로 전해진다. 당시 학자이자 명필이었던 추사 김정희는 스님의 차에 반해 스님의 평생지기가 된다. 차를 보내 달라 떼를 쓰는 추사의 서신은 유명한 일화다.

스님은 일지암에 머무는 동안 지관겸수(止觀兼修)에 전력을 다해 대종사로서의 면모를 잃지 않았고, 당대의 내로라하는 유가(儒家)의 선비들과는 시·문을 주고받으며 문인으로서의 영역을 남겼다. 또한 대흥사 대광명전의 단청과 벽화를 손수 그리는 등 많은 불화를 남겼고, 유배지의 도반이 생각날 땐 먼 길도 마다않으며 따뜻한 인간으로서의 삶도 남겼다.

작년 봄부터 일지암에 살고 있는 무인 스님은 초의 스님부터 치면 4대 주지인 셈이다. 스님은 초의 스님의 흔적 위에 살게 된 것을 축복으로 생각한다면서, 세간에서 초의 스님이 다인으로서만 크게 부각되어 있는 것이 조금 아쉽다고 했다. 초의 스님은 분명 '보우(普雨)'라는 커다란 이름에서 비롯된 서산, 편양 법맥의 마지막 종사였다는 것이다. 그러므로 초의 스님의 별호 앞에 '종사' 대신 '다성(茶聖)'이나 '차의 중흥조' 등의 말이 먼저 붙는 것은 스님의 법명을 온전히 부르는 것이 아니라고 했다. 주지 스님이 다시 찻잔에 차를 채웠다. 밤이 깊어갈수록 찻잔 속에 떨어지는 찻물소리도 점점 크게 들려왔다.

새소리에 잠을 깼다. 새소리가 지나간 문틈을 아침 햇살이 몰려와 채웠다. 더 이상 문을 닫고 누워 있을 수 없었다. 사립문 밖에서 동백나무

하나가 꽃잎을 툭툭 던지고 있었다.

일지암의 구조는 다른 암자들과는 많이 달랐다. 일지암 편액이 걸려 있는 작은 당우는 5평 정도의 정사각형으로 볏짚으로 지붕을 올렸다. 초가집이다. 추녀 밑에는 작은 다절구가 있었다. 암자 뒤켠에는 유천이라 이름 붙인 샘에서 맑은 물이 대통을 따라 흐르고 있었고, 뜰엔 연못이 있어 구름도 담기고 꽃잎도 담겨 있었다.

일지암은 작은 암자였다. 그러나 커다란 암자였다. 일지암은 없어진 암자였다. 그러나 사라지지 않은 암자였다. 일지암엔 초의 스님의 그 무엇도 남아 있지 않았다. 그러나 일지암엔 초의 스님의 것 말고 다른 것은 아무것도 없었다.

차밭에서 차동이 짖는 소리가 들려왔다. 어제 잠깐 보았다고 꼬리를 흔들며 달려온다. 멀리서 주지 스님이 차동이를 부른다. 아침 공양이다.

일지암을 찾는다면 스님의 높았던 이름보다는 따뜻했던 가슴을, 스님이 남긴 업적보다는 스님이 가졌던 불교를 생각하며 찾아가는 것이 더 좋을 것 같다. 동백나무가 또 꽃잎을 툭툭 던지고 있었다.

고창 선운사(禪雲寺)

동백은 다시 피는데
미당은 오지를 않네

미당 서정주(1915~2000)는 어릴 적 할머니를 따라 선운사에 가곤 했다. 훗날 시인이 된 그는 그 때 봤던 선운사 동백을 그리며 시를 한 편 쓴다. 지금도 선운사엔 동백이 핀다. 하지만 이제 그는 가고 없다.

　선운사로 오르는 길엔 개울이 함께 따라왔다. 봄이긴 했지만 개울물은 아직 차갑게 흘렀다. 전북 고창의 도솔산 북쪽에 자리 잡고 있는 선운사는 세워진 시기가 정확하게 전해지지 않고 있다. 신라 진흥왕이 세웠다는 설과 백제 위덕왕 24년(577)에 검단 스님이 세웠다는 설이 있다.
　대웅전과 영산전 뒤로 동백숲이 보였다. 미당이 보러 왔다 못 보고

간 동백이 작년 것부터 뜨문뜨문 피어 있고, 지난 것들은 벌써 쉰 목에서 나오는 육자배기처럼 제 가지를 끊어내고 있었다. 마당엔 산수유가 노랗게 피어 있고, 대웅전 벽의 기둥들은 숲 속에서 봄을 맞는 듯했다.

미당의 고향 질마재는 그의 시 세계에서 중요한 지리적 공간이다. 선운사는 그 공간 안에 존재하는 또 하나의 지리적 공간이자 정신적 공간이 된다. 유년기를 고향에서 보낸 미당은 고향을 떠났다가 10대 후반과 20대 초반의 청년기 시절을 질마재와 선운사에서 다시 보내게 된다. 1929년 11월 광주학생사건에 참가했던 미당은 재학 중이던 중앙고등보통학교를 그만두게 되고, 고향으로 내려와 고창고등보통학교에 편입학하지만 광주학생사건과 관련되어 다시 학교를 그만두게 된다.

　　　　　　　　　　　제4부 절 속의 문화 읽기

'가난'을 안고 고향을 떠났던 미당은 가난 속의 고향 질마재로 다시 돌아오게 된 것이다. 미당의 유년과 청년시절은 시절 자체가 가난과 혼란의 시대였다. 당시의 많은 젊은이들이 마르크스와 레닌에 기대 있었고 미당도 역시 마찬가지였다. 하지만 미당이 고향 질마재로 다시 돌아왔을 땐 마르크스와 레닌의 웅변이 왠지 미당에게 큰 위로가 되지 못했다.

그 때 미당을 만져준 것은 어릴 적 할머니와 함께 다녔던 절집의 향수와 그곳에 머물고 있었던 석전(박한영, 1870~1948) 스님이었다. 한시에 능했던 문인이자 독립운동의 맨 앞줄에 서 있던 석전 스님은 날개가 부러져 날지 못하는 청년에게 따뜻한 둥지가 되어 준다. 훗날 미당은 "내 고통과 방황의 시기에 내 피와 살을 데워준 분은 석전 스님이었다"고 회고한다. 미당은 그 따뜻한 둥지 안에서 불교와 가까워졌고, 다친 날개를 다시 펼 수 있었다.

동백이 피고 지는 대웅전과 영산전 사이에 미당이 머물던 방이 있었다고 한다. 미당이 선운사에 머무는 동안 그의 언어엔 부처님의 말씀이 스며들기 시작했고, 이를 바탕으로 훗날 불교적인 시를 많이 쓰게 된다. 1947년 미당은 「국화 옆에서」를 발표한다. 우주적인 연기와 인연설을 기초로 한 이 시는 미당의 천 편이 넘는 시 중 그를 대표하는 시가 된다. 들꽃 사이에서 찾아낸 작은 돌로 쌓아올린 길가의 적석탑처럼, 가슴 속에서 찾아낸 언어들로 쌓아올린 그의 시는 손으로 덥석 만져볼 수 있는 거대한 석탑이 아니라, 눈으로만 보아야 하는, 마음으로만 읽어야 하는, 그래서 무너지지 않는 오솔길의 적석탑 같다.

돌담 너머에 작은 동백나무 하나가 꽃잎을 틔우고 있었다. 산새 한 마리가 요란하게 울어대며 돌담에 날아와 앉았다. 동백을 바라보고 있었다. 모두가 선운사에 가면 동백을 보고 온다. 그렇다 선운사를 찾는다면 동백을 보고 와야 한다. 하지만 피지 않은 동백은 어찌 해야 할까. 선운사 입구에는 미당의 시비가 있다. 시비에는 그의 시 「선운사 동구」가 새겨져 있다.

선운사 골짜기로 / 선운사 동백꽃을 보러 갔더니 / 동백은 아직 일러 피지 않았고 / 막걸리집 여자의 육자배기 가락에 / 작년 것만 상기도 남았습니다 / 그것도 목이 쉬어 남았습니다

돌담 위에 내려와 앉았던 산새는 동백을 다 보았을까. 혹시 작년 것만 피어 있다고 목이 쉬게 울고 간 것은 아닐까.

화순 운주사(雲住寺)

미륵을 기다리다
미륵이 되고

"미륵님이 어떻게 생겼는지 본 적이 있어야지. 어찌 알고 새긴단 말인가."

"여보게, 미륵님을 못 보았다고? 이런 어리석은 사람 같으니 미륵님이란 자네 아닌가. 자네 모양과 똑같은 이가 미륵님일세." 유민들은 다시 정신없이 돌을 쪼아 미륵상을 세웠다.

운주사는 황석영(黃晳暎, 1943~)의 소설『장길산』에서 대단원의 공간적 배경이 되는 곳이다. 소설은 천민 장길산을 비롯한 민중들의 파란만장한 삶을 그리고 있다. 천불산 계곡에 자리한 운주사는 도선국사가 미륵불의 도래를 이루기 위해 천불천탑을 세운 뒤 창건했다고 전해 오는 절인데, 소설 속에서는 세상 끝으로 밀려난 백성들이 미륵의 시대를 꿈꾸며 역시 천불천탑을 세우고 만든 절이다.

일주문 옆길로 개나리가 피어 있다. 일주문을 버리고 개나리를 따라 걸었다. 도선국사의 운주사를 버리고 『장길산』의 운주사로 들어갔다.

때는 조선 숙종. 천민 장길산을 비롯한 힘없는 백성들은 더 이상 견디기 힘든 생활을 하고 있었다. 세상 밖으로 밀려난 그들이 마지막으로 기댈 것은 신앙이었고, 그 신앙은 고단한 입에서 고단한 입으로 전해 오던 '미륵'이었다. 이제 그 신앙은 더 이상 고단한 입을 찾아 떠도는 미완의 신앙이 아니고 싶었던 것이다.

그들은 협곡 속에 숨어 살면서 미륵님의 계시를 들었다. 이 골짜기 안에 천불천탑을 하룻밤 사이에 세우면 수도가 이곳으로 옮겨온다는 것이었다. 도읍지가 바뀌는 세상, 그들이 나라의 중심이 되는 세상이 하룻밤 사이에 이루어진다는 것이었다.

"우리는 이곳에 서울을 세우리라는 미륵님께 서원합니다. 여기가 염부제(閻浮提)가 되리라 믿습니다." "세상의 모든 천민이여 모여라. 모여서 천불천탑을 만들자." 그들은 황토뿐인 야산에서 바위를 찾으려고 산등성이를 넘어가고 들판을 달리고 강을 건넜다. 그들이 세운 절의 이름은 '운주사(運舟寺)'였다. 젊은 유민이 물었다. "할아버지, 절 이름이 어째서 운주사요?" "배를 부린다는 뜻이란다. 새로운 우리 세상이 바로 배가 되는 게야. 미륵님 세상이 배가 된다. 우리 중생이 물이 되어 고이면 배가 떠서 나아가게 되는 게야."

　도량에는 봄에 피어야 할 꽃들이 모두 피어 있었다. 벚꽃까지 머리를 내밀었고, 바위틈엔 듬성듬성 진달래까지 붙어 있었다. 도량엔 꽃들이 가득했지만 아쉽게도 천불천탑은 모두 나 님아 있지는 못했다. 하지만 시선이 닿는 곳마다 불상이 있었고, 발길 머무는 곳마다 석탑이 있었다. 불상들의 얼굴엔 못다 한 이야기가 가득했고, 길어진 석탑들의 그림자 끝엔 돌을 쪼던 백성들의 손길이 묻어 있었다. 불사바위로 오르는 길에 작은 불상이 숨은 그림처럼 붙어 있었다. 아이의 모습이다. 아이는 미륵의 세상을 보지 못했다. 어린 미륵불은 멀리 와불이 누워 있는 산마루를 바라보고 있었다.

"닭이 울었다!" 거짓말이었다. 누워 있던 마지막 미륵을 밀어 올리려던 사람들도 힘없이 주저앉아버렸다. 미륵상은 비탈 저 밑에 처박혀서 다시는 움직이지 않았다. 서로 미륵상이 되기 위해 우뚝우뚝 새까맣게 몰려오던 사방의 바위들도 소문을 듣고는 그 자리에 넘어져버렸다. 그렇지만 넘어지면서도 머리는 계곡 쪽을 향하였으니 먼 훗날에라도 와불이 바로 일어서면 다시 미륵이 되기 위해서였다. 바위들은 민병의 쓰러진 시체처럼 들판과 야산의 곳곳에 넘어져서 오랜 비바람에 씻겼다. 그 뒤부터 운주사의 대문을 닫을 적마다 서울 장안에서 우지끈대는 우렛소리가 그치지 않았다. 서울이 옮겨지지 않은 것을 한하여 그런 소리가 들린 것이다. 그래서 대문을 떼어 영산강으로 떠나보냈다. 운주사는 그 뒤로부터 운주사(雲住寺)가 되었으며, 이는 물이 차오르지 않아 세상

제4부 절 속의 문화 읽기

이 머물러버렸던 까닭이라 하였다.

장길산은 역사 속에서도 소설 속에서도 더 이상 찾을 수 없이 실종되고 만다. 어디로 갔을까. 끝없이 고단하기만 했던 그날의 백성들은 모두 어디로 샀을까. 그랬다. 모두 그곳에 있었다. 미륵을 기다리다 모두 미륵이 되었다. 먼 훗날 산마루에 누워 있는 와불이 일어서고 사방에 넘어졌던 바위들이 다시 일어나 천불천탑을 세우는 날, 운주사(雲住寺)는 다시 운주사(運舟寺)가 될 것이다.

오늘도 산마루의 와불은 일어나지 않고 있다. 운주사를 찾는다면 미륵의 마음으로 갈 일이다. 그곳엔 미륵만이 있기 때문이다.

김해 은하사(銀河寺)

**건달들의 템플스테이,
"형님, 여기는 절입니다!"**

"스님들이 이래도 되는
겁니까?"
"이러면 절대 안 되지요."

"큰스님한테 이르기 없깁니다."
"피차 마찬가집니다."

산사의 숲에서 스님들과 건달들이 뒤엉켜 한바탕 패싸움을 하고 난
후 건달 두목과 스님이 숨을 헐떡이며 나눈 대화다. 경을 칠 일이다. 다
행히 영화의 한 장면이다. 박신양, 김수로 등이 나오는 영화는 2001년

에 개봉한 〈달마야 놀자〉다. 제목도 경을 칠 일이다. 감독은 영화의 대부분을 은하사에서 찍었다.

영화에서 보았던 낯익은 풍경들이 다가왔다. 은하사의 역사는 한국 불교 역사에서 조금 벗어나 있다. 은하사는 서기 42년 가야국 김수로왕 때 인도에서 건너온 허황후의 오빠 장유화상이 창건했다고 전해 오는데, 공식적인 한국 불교의 역사인 '고구려 소수림왕 2년, 서기 372년'보다 300년이나 앞서기 때문이다. 한국 불교의 역사는 가락국 시절의 불교를 인정하고 있지 않지만, 『삼국유사』 3권 '어산불영'편에 나오는 김수로왕의 이야기 속에는 이미 불교가 존재하고 있어 가락국 시대의 불교를 완전히 부정할 수는 없다. 『삼국유사』의 기록이 사실이라면 한국 불교의 역사는 300년을 더해야 한다. 아무튼 은하사는 아직 역사의 바깥에 있고, 그 절 안에는 건달들이 들어와 있다.

"여기 오야붕 나오라고 해."

사고치고 숨을 곳을 찾아 헤매던 건달 다섯이 절에 들이닥치면서 영화는 시작된다. 큰스님을 '영감님', '스님 선생님'이라고 부르는 건달 두목 재규에게 큰스님이 묻는다.

"그래, 너희들이 원하는 게 뭐냐?"

"더두말구 일주일만 여기 있겠습니다."

가락국의 고찰 은하사에서 전대미문의 템플스테이가 시작됐다.

　　가락국의 은하사는 아수라장이 됐다. 불사에 쓸 기왓장을 쌓아놓고 격파연습을 하고, 대웅전 마당에서는 축구시합이 벌어진다. 법당에서 내온 종으로 축구 골대를 만들고, 법당 앞에 서 있는 석등은 야간용 해우소가 돼버렸다. 보다 못한 대중 스님 네 분이 건달들을 몰아내기 위해 팔을 걷어붙였지만 역부족이다. 서로 으르렁대고 있는 스님들과 건달들을 지켜보던 큰스님은 할 수 없이 스님들과 건달들에게 문제를 풀어내는 쪽의 손을 들어주겠다고 한다. 스님이 낸 문제는 '밑 빠진 독에 물 채우기.' 제한 시간 10분.

　　스님들과 건달들이 깨진 항아리를 들고 이리저리 난리를 치지만 밑 빠진 독에 물은 채워지지 않는다. 시간이 임박해 왔을 때, 두목 재규는 갑자기 "항아리 들어!"라고 소리치며 부하들과 함께 항아리를 들고 연못으로 달려간다. 연못 앞에 선 재규는 밑 빠진 항아리를 연못 속에 던진다. 밑 빠진 항아리에 물이 가득 차 철철 넘쳐흐른다. 뒤따라온 노스님이 빙긋이 웃으며 돌아선다.

〈달마야 놀자〉는 기존에 무겁게 만들어진 불교영화와는 분위기가 많이 다른 영화다. 엄숙한 종교의 색채 없이 장작더미에 장작을 던지듯 가볍게 던지는 대사와 자연스러운 웃음 속에서 불법과 인연법을 그려간다. 건달들은 자신도 모르는 사이에 자신들 속에 숨어 있던 본연의 모습을 조금씩 보게 되고, 스님들도 조금씩 드러나는 그들의 모습을 보며 수행자로서의 마음을 점검하게 된다. "청명아, 중은 말이야 자기 수행만 열심히 한다고 성불하는 게 아니다."

큰스님이 열반에 들었다. 재규는 열려진 문틈으로 큰스님의 빈자리를 바라본다.
"스님, 저희를 이렇게 감싸주는 이유가 뭡니까?"
"너, 밑 빠진 독에 물을 퍼 부을 때 어떤 생각을 하고 채웠어?"
"그냥 항아리를 물속에다 던졌습니다."
"나두 밑 빠진 너희들을 그냥 내 마음속에 던졌을 뿐이야."

건달들의 템플스테이는 끝이 났다. 날치는 머리를 깎았다. '무량'이란 법명을 받았다. 『삼국유사』의 가락국 수로왕 이야기에서도 독룡을 도와 나라의 농사를 방해하며 살던 나찰녀(羅刹女: 사람 잡아먹는 악귀)들이 부처님의 설법을 듣고, 계를 받아 독룡의 손아귀에서 벗어나게 된다. 불상 밑바닥의 '메이드인 차이나'를 보고 '부처님은 중국사람'이라고 말하던 건달들이 공손하게 합장을 하고 절을 나선다.

아직 비밀을 풀지 못한 가락국의 절 은하사. 신어산의 바위벽들이 저녁놀에 지그시 눈을 감는다. 산을 넘어가는 저녁놀이 뒤를 돌아본다. 그토록 오랜 세월 동안 쉬지 않고 말해주고 있건만 언제쯤 그 말을 알아들을까.

예산 수덕사(修德寺)

수덕사는 단청 하나 없이도
충분한 빛깔을 냈다

"소년은 수덕사를 그리며 화가를 꿈꿨고, 수덕사는 그의 미술관을 지었다."

억울하게 옥에 갇힌 예순넷의 화가는 차가운 감방에서 간장을 찍어 화장지에 그림을 그린다. 한국 근현대미술사에 굵은 이름을 새기고 우리의 그림을 세계에 알린 그는 프랑스 파리에 잠들어 있다. 어린 시절 덕숭산과 수덕사의 풍경을 그리며 화가의 꿈을 꾸었던 고암(顧菴) 이응노(1904~1989)다.

　2010년 3월 26일 예산 수덕사에 '수덕사 선 미술관'이 문을 열었다. 고암 이응노를 기리기 위한 미술관이다. 미술관은 그가 머물던 절 입구 수덕여관 옆에 세워졌다. 미술관 옆 절, 수덕사로 오르는 길에는 꽃과 연등이 봄바람에 나부끼고 있었다.

　'경허·만공'만으로도 가풍과 역사를 설명할 수 있는 수덕사는 창건에 관한 정확한 문헌이 남아 있지 않다. 백제 위덕왕(554~597) 때 창건된 것으로 추정하고 있다.

　1년여의 옥살이를 끝내고 세상으로 돌아온 화가 이응노는 수덕사로 간다. 한지와 먹, 그리고 우리의 붓을 들고 세계로 나갔던 그는 1967년 동베를린 간첩단 사건에 연루되어 뜻하지 않은 옥살이를 하게 되는데, 주위의 꾸준한 탄원으로 다시 세상으로 돌아오게 된 것이다. 일본 유학을 마치고 돌아와 한동안 살았던 수덕여관은 옛 모습 그대로 주인을 따뜻하게 맞아준다. 세상을 바라볼 수 없는 세상으로 버려졌던 영혼은 개울가 너럭바위 위에 앉아 끝없이 세상을 바라본다. 그리고 바위에 그림을 그린다. 지금도 그 바위는 수덕여관 앞에 있다.

700년 묵은 법당 앞마당엔 오색 연등이 이응노의 한지 콜라주처럼 허공에 붙어 있다. 한국을 넘어 유럽에 자신과 '우리'를 알린 이응노의 그림은 지구상 어디에도 없는, 그야말로 이응노만이 할 수 있는 우리의 그림이다. 광주민주화운동에서 영감을 얻은 그의 대표작 '군상'은 먹 하나로 그린 그림이지만 백 가지 색으로도 표현할 수 없는 '먹'의 세계를 보여준다. 한 장의 그림은 수백 장의 그림을 동시에 보는 것 같고, 그림인 듯 문자인 듯 경계를 허무는 추상은 예술본색이다.

그렇게 우리의 것으로 유럽을 사로잡고 세계를 매료시킨 노년의 한 한국 화가는 또 한 번의 시련을 겪는다. 백건우·윤정희 납치미수사건에 연루되어 그의 작품은 국내에서 발표와 매매가 금지된다. 이유는 '빨간색'이라는 것이었다. 여든이 다 된 그는 한국 국적을 포기한다. 그는 프랑스인으로 세상을 떠난다.

저녁 예불이다. 법고 소리가 바람에 나부끼는 연등 콜라주와 함께 퍼

포먼스를 펼치는 듯 했다. 대중들이 연등을 헤치며 법당으로 가고, 저녁 해는 법당 문살을 적신다. 미술관 옆 절, 수덕사의 대웅전은 단청 하나 없이도 충분한 빛깔이었다. 누구의 '먹'처럼.

1989년 1월 서울 호암미술관에서 이응노의 전시회가 열렸다. 서울에서 전시회가 열리고 있던 그날, 이응노는 프랑스에서 심장마비로 쓰러진다. 그리고 이튿날 세상과 영원히 이별한다. 여든여섯 살, 생일을 이틀 앞두고 그는 또 한 번 세상을 바라볼 수 없는 세상으로 떠나갔다.

수덕사를 찾는다면 수덕여관에 들를 일이다. 너럭바위 위에 앉아볼 일이다. 한 영혼이 힘겨운 시간 뒤에 찾아와 머물던 아랫목이다. 누군가의 지나간 흔적을 느껴보는 것은 영혼을 가지고 사는 동안에 할 수 있는 일일 테니까. 목탁 소리 예불문 소리에 도량이 젖어갔다. 너럭바위 위로 딱새 한 마리가 날아와 앉았다.

영주 부석사(浮石寺)

"부석사, 아무나 그곳에 가게 하고 싶지 않았다"

"왜 그 때 부석사가 떠올랐는지. 부석사의 당간지주 앞에서 무량수전까지 걸어보라고 했던 사람이 있었다. 우리나라의 절집이 대개 산 속에 있게 마련인데 부석사는 산등성이에 있다고 했다. 문득 뒤돌아보면 능선 뒤의 능선 또 능선 뒤의 능선이 펼쳐져 그 의젓한 아름다움을 보고 오면 한 계절은 사람들 속에서 시달릴 힘이 생긴다고 했다."

신경숙(1963~)의 단편 「부석사」(2001 이상문학상 대상)에서 여자 주인

제4부 절 속의 문화 읽기

공 '그녀'는 남자 주인공 '그'에게 1월 1일 부석사에 함께 가자고 한다. 각자 실연(失戀)의 아픔을 견디고 있는 그녀와 그는 새해 첫날 차가운 바람을 뚫고 부석사를 향해 간다.

그녀와 그는 아직 오지 않았다. 무량수전 배흘림기둥이 여전히 아름다운 간격으로 서 있고, 그 안에 변치 않는 무량수불의 눈빛이 순간과 영원을 오가고 있었다. 부석사는 당나라 낭자 선묘가 연모했던 의상 스님이 676년(신라 문무왕 16)에 세운 절이다. 선묘는 사랑을 이룰 수 없었다. 유학을 마치고 당나라를 떠나는 의상 스님의 뒷모습을 안타깝게 바라보던 선묘는 사람의 몸을 버리고 용이 되어 스님을 따라온다. 용이 된 선묘는 불사를 방해하는 무리들로부터 스님을 지켰고 스님은 부석사를 세울 수 있었다. 그 때 선묘는 바위를 들어 올려 그 무리들을 물리쳤다고 한다. 무량수전 뒤에 있는 그 바위에는 '부석(浮石)'이 새겨져 있다. 그녀와 그는 아직도 오지 않았다.

"이젠 어떡하죠?" / "눈이라도 오지 않으면 좋겠는데."
"누군가 지나가겠죠. 우선 추우니까 차 안으로 들어가서 기다려보죠." 부석사를 향해 가던 그들은 길을 잘못 들어 헤매던 중 차가 진창에 빠져 꼼짝하지 못하게 된다. 그것도 아찔한 낭떠러지 앞에서. 두 사람은 어두워진 차 안에서 상념에 젖는다. 그녀는 어느 날 갑자기 다른 여자와 결혼해버린 P를, 그는 군대에 있는 자신을 버리고 다른 남자에게 간 K를 생각한다.

삼층석탑 뒤편 숲으로 커다란 수리 한 마리가 날아 들어갔다. 작은 새들이 서둘러 숲을 나왔고 파랗게 질린 울음소리가 무량수전 마당으로 뚝뚝 떨어졌다. 국보인 석등 앞에는 부석사의 극락인 안양루가 허공 끝에 걸려 있었다. 그녀와 그는 아직도 오지 않았다.

산길 낭떠러지에 어둠이 점점 깊어가고 있을 때 그녀는 희미한 범종 소리를 듣는다. "우리가 찾지 못한 부석사가 바로 근처에 있는 건가." 종소리가 눈발 속의 골짜기를 거쳐 그들을 에워싼다. "부석사의 포개져 있는 두 개의 돌은 정말 닿지 않고 떠 있는 것일까." 그녀는 문득 잠든 그와 자신이 부석처럼 느껴진다. 눈이 내리기 시작하더니 이내 자동차 유리창을 덮어버리고 아무것도 보이지 않는 차 안에서 소설은 끝이 난

제4부 절 속의 문화 읽기

다. 끝내 소설은 그들에게 부석사를 보여주지 않는다.

신경숙의 「부석사」는 사랑을 하고 있는 사람들이 사랑 뒤에 겪어야 하는 것들을 이야기한다. 작가는 사랑의 아픔에서 벗어나려 애쓰는 두 사람을 또 다른 사랑의 가능성 앞에 세운다. 하지만 소설은 끝내 부석사를 보여주지 않는다.

작가는 이 소설을 쓰기 몇 해 전 1월 1일에 부석사에 다녀왔다. 동행했던 사람이 지금은 세상에서 가장 친한 사람이 되었다고 한다. 현실 속의 작가는 부석사를 다녀왔지만, 소설 속의 주인공들은 부석사에 이르지 못하고 눈 내리는 소백산 어느 낭떠러지 앞에 서 있다. 작가는 "현실의 부석사는 길을 잃을래야 잃을 수도 없지만, 소설 속에서는 아무나 그곳에 가게하고 싶지 않았다."고 했다.

한 계절 사람들 속에서 시달릴 힘이 필요한 사람은 부석사를 찾을 일이다. 능선 뒤의 능선 또 능선 뒤의 능선이 펼쳐져 있는 그 의젓한 아름다움을 보고 와야 할 일이다. 그리고 길을 잘 찾아야 할 일이다. 아무나 갈 수 없는 절이기 때문이다.

사물(四物)을 울리고 난 사미와 행자가 안양루를 지나 무량수전으로 올라갔다. 저녁 예불이다. 안양문으로 저녁 해가 따라 들고, 극락문을 건너간 사미와 행자의 그림자가 안양루를 기웃거렸다. 그녀와 그는 아직 오지 않았다.

봉화 청량사(淸凉寺)

"청량사의 소도, 최씨의 소도
모두 보살이었다"

"이 소하고 나하고 같이 죽을 거다."

"소하고? 소가 먼저 죽으면 어떡할 거예요? 장사 치러 줍니까?"

"치러 줘야지. 내가 상주질 할 건데."

마른나무 한 아름씩을 나눠지고 팔순의 농부와 마흔의 소가 저녁길을 걷는다. 팔순의 지게가 쓸쓸하게 흔들거리고, 마흔의 달구지가 힘겹게 워낭을 흔들어댄다. 2009년에 개봉했던 영화 〈워낭소리〉다.

30년을 함께 살아온 늙은 농부와 늙은 소의 이야기를 저예산 스크린에 담은 영화는 300만의 관객을 동원했다. 영화의 첫 장면을 청량사에

제4부 절 속의 문화 읽기

서 찍었다.

　수려한 청량산의 풍경 속에 자리잡은 청량사는 신라 문무왕 3년(663)에 원효대사가 창건한 절이다. 청량사는 높고 경사가 급해 오르기가 쉽지 않았다. 유리보전(琉璃寶殿) 앞에는 소나무 한 그루가 석탑을 바라보고 서 있는데, 영화에서는 최씨 내외가 이 소나무 아래서 석탑을 바라보며 기도를 올린다. 소나무에는 전해 오는 이야기가 있다.

　원효대사가 청량사를 지을 때였다. 스님이 사하촌에서 농부를 만났는데, 농부는 뿔이 셋이나 달린 소를 데리고 논을 갈고 있었다. 그런데 소가 농부의 말을 듣지 않고 제멋대로였다. 스님은 농부에게 시주를 청했고 농부는 흔쾌히 스님께 소를 시주했다. 신기하게도 스님을 따라온 소는 고분고분해지더니 청량사 불사에 필요한 목재와 물건을 힘든 길을 오르며 모두 날랐다. 소는 낙성을 하루 앞두고 그만 생을 마쳤고, 스님은 지금의 소나무 자리에 소를 묻었다. 그곳에서 지금의 가지가 셋인 소나무가 자라났다. 그래서 삼각우송(三角牛松)이라고 한다.

　한국 영화임에도 진한 사투리 때문에 자막이 필요했던 영화는 화려한 카메라의 움직임도 없고, CG와 같은 특수효과도 없다. 절에 가면 들어야 하는 풍경소리처럼 시종 스크린 뒤에서 들려오는 워낭소리가 배경음악이다.

　소가 넘어졌다.

"나이가 많네요?" 소를 보러 온 수의사가 말했다.

"한 40 가까이 됐지. 오래 못 살지?"

"1년."

8개월이 지난 어느 날, 최씨는 할 수 없이 새 일소를 사온다. 새끼를 밴 암소였다.

"저 늙은 소는 이제 어떻게 할참이에요?"

"계속 키워야지 뭐, 죽을 때까지."

최씨는 평생 소와 함께 살았다. 소와 함께 농사를 지어 9남매를 키웠고, 자동차 대신 30년 동안 달구지를 탔다. 소는 가족이었다. 그래서 부인 이씨는 소만 생각하는 남편이 늘 불만이었다.

"소한테는 맨날 꼴 베어다 주고, 죽 끓여 먹이면서 나한테는 잘 해준 거 없어."

수의사가 다시 왔다.
"할아버지요, 이제는 마음의 준비를 하세요."
최씨는 누워 있는 소의 코에서 코뚜레를 풀고 목에 걸었던 워낭을 풀어낸다. 흙 위에 던져진 코뚜레와 워낭을 바라보던 최씨의 눈이 젖어온다.
"좋은 데 가거라!"
소는 마지막으로 고개를 들어 주인을 바라보고는 이내 고개를 떨어뜨린다. 팔순의 상주는 마흔의 소를 흙에 묻고 돌아와 빈 밭에 난 달구지 자국을 바라본다.

영화에 출연한 최원균 할아버지와 이삼순 할머니는 오래 전부터 청량사 신도다. 지금은 내외 대신 아들과 며느리가 절을 찾는다고 한다. 세 개의 뿔을 가졌던 청량사의 소처럼 최씨의 소도 30년을 한 가족을 위해 살다 갔다. 모두 보살이다.

최씨 내외가 힘겹게 청량사 계단을 오른다. 석탑 앞에서 내외가 부처님께 정성껏 절을 올린다.
"소 죽고 없으니까 생각이 나요?"
"뭐?"

"소가 죽고 나니까 안 됐죠? 생각이 나요?"

"그럼 안 됐지 뭐. 사람이나 짐승이나 뭐…, 죽어서까지 말할 거 뭐 있어."

최씨의 투박한 손가락 끝에 워낭이 걸려 있고, 워낭소리가 울리며 영화는 시작된다.

순천 선암사(仙巖寺)

모든 것들이
시간의 먼지를 털며 되살아난다

"너, 부처님 앞으로 가라."

"예에에…?"

"그 험한 난리 속에서도 너희 여섯 형제가 털끝 하나 다치지 않고 무사할 수 있었던 것은 다 부처님의 가피 덕분이었다. 장남은 좀 그러니 차남인 네가 가는 게 좋겠다."

『태백산맥』, 『한강』, 『아리랑』의 작가 조정래는 스님이 될 뻔했다. 고등학생 조정래는 처음으로 아버지에게 저항했다. 스님이 되고 싶지 않다고. 글을 쓰고 싶다고.

조정래(1943~)는 선암사에서 태어났다. 그의 아버지 조종현은 선암사의 부주지(鐵雲)였고, 시조시인이었다. 비구였던 철운 스님은 일제의 종교황국화 정책에 의해 대처승이 됐고 조정래는 태어났다.

비에 젖은 승선교가 안개에 업혀 저녁을 기다리고, 일주문처럼 서있는 강선루의 처마 끝은 멀리서 들려오는 산새 소리를 듣고 있었다.

선암사는 백제 성왕 5년(527)에 아도화상이 현재의 비로암에 터를 잡아 창건했고, 해천사(海川寺)라 했다. 도선국사가 지금의 터에 중창을 했고, 의천대각국사가 선암사로 중창해 오늘에 이르고 있다.

조정래는 선암사에서 오래 살지 못했다.

"그 때 제 나이 겨우 여섯 살이었는데, 총을 겨눈 군인들의 발길질에 걷어채어 나뒹굴며 끌려가던 아버지의 모습이 지금도 눈에 선합니다."

그의 소설『태백산맥』에서 법일 스님이 해방 후 좌익으로 몰려 고초를 겪는 이야기는 아버지 철운 스님의 이야기다. 철운 스님은 "사답(寺畓)을 농민에게 분배해야 한다."고 했다가 좌익으로 몰려 고초를 겪게 되고, 그 일이 있은 후 그의 집안은 선암사를 떠나게 된다.

일제강점에서 해방된 후, 이 땅은 이념의 대립으로 몸부림친다. 그의 소설『태백산맥』은 그 몸부림의 이야기다. 그는 소설에서 좌익 빨치산의 문제를 이념의 문제가 아닌 계층간의 갈등으로 해석했고, 그 갈등의 근원은 생존이 걸린 '땅'에서 비롯된 것이라고 이야기 하고 있다. 그리고 그 역사와 소설의 중심이었던 땅에는 선암사도 있었다. 소설가가 된

그가 『태백산맥』이라는 작품을 쓰게 된 것이 어찌 보면 너무도 자연스럽고 당연한 일인지도 모르겠다.

조정래의 대표작인 『태백산맥』, 『한강』, 『아리랑』은 모두 방대한 분량의 대하소설이다. 주로 이 땅의 아픈 역사를 마주하고 있다. 여순사건과 한국전쟁 등 어린 시절에 겪었던 슬픈 역사가 그의 문학적 토양과 작가의식의 저변이 됐고, 훗날 그는 멀어진 그 기억들로 소설을 썼다.

"저는 20년 동안이나 방에 갇혀 술 한 잔 안마시고 글을 썼어요. 그뿐인가요. 평생 주색잡기라곤 한 일이 없습니다. 뭐 별 이야기는 아니고 승려가 되었더라도 충실하게 했을 것이다 그런 얘기죠."

　그렇다. 그는 출가하지 않았지만 그의 뼈마디에는 기억할 수 없는 시절부터 들어온 선암사의 풍경 소리와 목탁 소리가 배어 있다.

　"저는 사실 글을 써오는 40년 동안 가끔 생각하고는 했습니다. 승려나 신부의 수도 생활이라는 것이 뭐 별것이겠는가… 글감옥에 갇혀 절연 상태로 10년, 20년 세월을 보내는 것, 그것은 또 다른 수도가 아닐것인가." 그는 수도하듯 자신의 길을 걸어왔다고 말했다.

　그의 소설에는 스님이 나오고, 부처님 말씀이 나오고, 선암사가 나온다.

　"사철 맑은 물이 촬촬 흘러내리던 개울, 물에 비치는 그림자까지 합치면 보름달 같은 원이 되던 두 개의 쌍둥이 다리 승선교(昇仙橋), 햇살이 스밀 수가 없도록 울창하던 길고 긴 숲길, 정신이 혼미해지도록 짙게 퍼지던 대웅전 앞뜰의 수국꽃 향기, 항시 자애로운 미소를 머금고 있던 본존불, 겨울새벽의 냉기 속을 슬픈 울음이듯 끝없이 울려퍼지던 쇠북소리…. 젊은 날의 기억들을 보듬고 있는 선암사의 모든 것들이 시간의 먼지를 털며 되살아나고 있었다." 그가 먼 기억으로부터 불러온 소설 속의 선암사가 안개 숲 너머에 그렇게 있었다.

선암사에 간다면 눈에 비친 선암사의 풍경을 선명하게 간직해서 돌아올 일이다. 멀어지는 것이 기억이지만 잊히지 않는 것 또한 기억이다. 한 작가의 멀어진 기억이, 하지만 잊히지 않았던 기억이 이 땅에 사는 사람들이 한 번쯤은 읽어야 할 소설 한 편을 만들었다. 쇠북소리가 들려왔다.

통영 용화사(龍華寺)

고향의 소리 그리며
이국땅에 잠든 영혼

1972년 8월 1일, 독일의 뮌헨 국립오페라극장에서는 뮌헨올림픽을 축하하는 오페라 한 편이 무대에 올려졌다. 제목은 '심청'이었고, 작곡가는 윤이상(1917~1995)이었다. 올림픽을 보기 위해 전 세계에서 온 사람들에게 독일이 준비한 오페라는 바그너도, 베르디도, 푸치니도 아닌 한국인 윤이상이었다.

  윤이상은 경남 통영에서 나고 자랐다. 늘 푸른 바다가 눈앞에 있었고, 도솔암, 용화사 등 천년고찰을 품은 미륵산이 또한 곁에 있었다. 바다에서는 파도소리와 어부들의 노랫소리가 들려왔고, 미륵산에서는

북소리, 예불소리, 범패소리가 들려왔다. 삶 속에서 들려오는 소리들을 좋아했던 꿈 많은 소년 윤이상은 마흔이 되어 유럽으로 떠난다. 그리고 그는 독일에서 세계적인 작곡가가 된다. 고국에 돌아와 자신의 음악을 가르치고 싶었지만 그는 그 꿈을 영영 이루지 못한다.

> "고향 바다요? 가고 싶죠. 가고 싶어요. 고향 바다는 어릴 적 내 꿈을 키워준 곳이에요. 지금 나는 세계적인 작곡가로 그 꿈을 이루었지만 이 머나먼 땅에서 이렇게 늙어가도록 고향에 갈 수 없다니……. 내 마지막 남은 꿈은 고향 바닷가에서 파도소리 들으며 잠드는 거예요."
>
> - 『작곡가 윤이상 이야기 나비의 꿈』

통영 용화사(龍華寺)

2007년 9월 29일, 미륵산 용화사에 특별한 손님이 왔다. 윤이상 씨의 부인 이수자 여사와 그의 가족들이었다. 40여 년 만에 밟아 보는 고국 땅, 남편의 고향이었다. 통영이 낳은, 아니 한국이 낳은 현대음악의 거장 윤이상은 고국에서 잠들지 못했다. 그의 무덤은 독일 베를린에 있다. 1967년 동베를린 간첩단 사건에 연루되어 억울한 옥살이를 하게 된 그는 독일 정부의 협조로 풀려났지만 죽는 날까지 고국에 돌아오지 못했던 것이다. 용화사는 통영에서 유년기를 보냈던 그가 자주 찾았던 절이다.

비가 내리고 있었다. 도량을 둘러싼 소나무 숲은 안개에 반쯤 지워졌고, 보광전 지붕 위엔 산새가 날아와 앉아 있었다. 용화사는 신라 선덕여왕 때, 은점 스님이 미륵산 중턱에 절을 짓고 정수사(淨水寺)라 했고, 고려 원종 3년(1263)에 자윤, 성화 두 화상이 미륵산 제3봉 아래로 자리를 옮겨 천택사(天澤寺)라 했다. 인조 6년(1628)에 화재로 소실된 것을 영조 28년(1752)에 벽담 스님이 다시 짓고 용화사라 개칭하여 오늘에 이르고 있다.

한국이 낳은 세계적인 작곡가 윤이상. 하지만 그의 음악은 한국에서 쉽게 들을 수 없다. 모차르트, 베토벤처럼 언제 어디서나 들을 수 있는 음악이 아니다. 〈심청〉, 〈연꽃 속의 진주〉, 〈바라〉, 〈나모(南無)〉 등 그의 작품들을 쉽게 구할 수도 들을 수도 없다. 올 봄 개관한 통영의 그의 기념관에서 처음 〈바라〉를 들었고 〈나모〉를 들을 수 있었다. 1998년 한국

뮤지컬대상 음악상을 받은 오페레타 〈심청〉을 작곡한 최귀섭(원광보건대 실용음악과 학과장) 교수도 〈윤이상의 심청〉을 들을 수 없었다고 했다. 그의 고향 통영에 들어서면 그의 얼굴 사진이 붙은 현수막을 심심치 않게 볼 수 있다. '통영이 낳은 세계적인 음악가 윤이상.' 곳곳에서 그의 이름과 얼굴이 바람에 펄럭이고 있다. 하지만 그의 음악은 쉽게 들을 수 없다. 범어 대장경을 바탕으로 한 합창곡 〈옴마니 반메훔(연꽃 속의 진주)〉이나 서양에 전한 우리의 이야기 〈심청〉 등 그의 많은 음악들을 끝내 듣지 못했다. 그의 고향인 한국에는 그의 무덤만 없는 것이 아니었다. 그의 영혼이라 할 수 있는 그의 음악이 우리 곁에 많이 없었다.

불어온 바람에 숲이 웅성거렸다. 지붕 위에선 산새가 지저귀고 추녀 끝에선 풍경이 울었다. 숲에 고인 안개는 음계와 음계 사이의 침묵처럼 나무와 나무 사이를 채웠고, 악보에 그려 넣을 수 없는 산새소리와 풍경소리는 어제 처음 들은 〈바라〉를 떠오르게 했다. 늘 듣는 풍경소리와 산새소리가 용화사 도량에서는 윤이상의 현대음악처럼 들려왔다. 용화사에 간다면 윤이상의 음악을 듣고 갈 일이다. 모든 소리가 음악으로 들려오기 때문이다.

곡성 태안사(泰安寺)

호랑이 이리 날짐승들과 오손도손
살아가라 하셨는데

"노루 호랑이와 놀던 아이, 시인으로 돌아오다"

"나라가 위태로웠던 칠십년대 말쯤 / 아내와 어리디어린 세 아이들을 데리고 / 고향 떠난 지 삼십년 만에 / 내가 태어났던 태안사를 찾았다. (중략)

그리고 두 번째로 / 임신년 겨울, / 팔십을 바라보는 어머님을 모시고 / 아내와 이젠 웬만큼 자란 아이들을 데리고 / 터버터벅 태안사를 찾았을 땐 / 백골이 진토된 / 증조부와 조부와 아버님이 / 청화 큰스님이랑 함께 / 껄껄껄 웃으시며 우리들을 맞았다."(「태안사 가는 길 1」)

『국토』, 『식칼론』의 시인 조태일(趙泰一, 1941~1999)은 30년 만에 자신의 탯자리인 태안사를 찾는다. 그의 아버지 조봉호는 대처승으로 태안사의 주지였다. 아침저녁 아버지의 목탁소리와 독경소리를 들으며 자란 조태일은 여순사건 때 아버지를 따라 태안사를 떠나게 된다. 7살 때였다. 그가 태안사를 30년 만에 찾은 것은 아버지의 유언 때문이다. 12살 때였다. "나 죽고 30년이 지난 다음에나 고향 땅을 다시 찾아라." 그 유언은 7남매 중 넷째였던 그에게만 남겼다고 한다. 왜 30년 뒤인지, 왜 자신에게만 그런 유언을 남겼는지에 대해서는 조태일 자신도 평생 모르고 살았다.

한바탕 소나기 지나간 숲에서 매미가 뜨겁게 울어댔다. 숲길 끝에 난 일주문엔 노을이 비꼈고, 닫힌 대웅전 어간 뒤에서는 부처님이 기다리고 계셨다. 태안사는 신라 경덕왕 2년(742)에 신성한 승려 세 분이 창건한 것으로 사적에 전해 온다. 그 후 혜철(慧徹)국사가 당나라에서 법을 전수받고 돌아와 구산선문의 동이산파를 이루었다. 고려에 접어들어 광자대사가 절을 크게 일으켰고, 정유재란과 한국전쟁 등을 겪으며 소실과 중창을 거듭하며 오늘에 이르고 있다.

2003년 9월 7일, 태안사 길목에 '조태일 시문학기념관'이 세워진다. 시인의 4주기 때였다. 시인은 한 시절도 편안한 시절 없이 살다갔다. 일제강점기, 여순사건, 한국전쟁, 4·19, 5·16···. 그리고 온 국민이 민주주의를 갈망하느라 고단했던 시절까지. 특히 그 시절은 그를 뜨겁게 달

구고 차가운 삶 속으로 내몰았다. 시집의 판매금지와 투옥. 역사는 어두웠고, 시인의 삶도 어두웠다. 그는 시를 쓰는 것으로 어두운 역사 곁에 겨우 서 있을 수 있었다. 그 대표적인 시가 『국토』와 『식칼론』이다. "뼉다귀와 살도 없이 혼도 없이 / 너희가 뱉는 천 마디의 말들을 / 단 한방울의 눈물로 쓰러뜨리고…"(「식칼론 2」 중에서) 그의 시들은 한 방울의 눈물이었고, 시인은 그 눈물로 고단한 시절을 버텨야 했다.

"모든 목소리들 죽은 듯 잠든 / 전남 곡성군 죽곡면 원달1리 // 九山의 하나인 桐裡山 속 / 泰安寺의 중으로 / 서른다섯 나이에 열일곱 나이 처녀를 얻어 // 깊은 산골의 바람이나 구름 / 멧돼지나 노루 사슴 곰 따

제4부 절 속의 문화 읽기

위 / 혹은 호랑이 이리 날짐승들과 함께 / 오손도손 놀며 살아가라고 / 칠남매를 낳으시고 // 난세를 느꼈는지 / 산 넘고 물 건너 마을 돌며 / 젊은이들 모아 夜學하시느라 / 처자식을 돌보지 않고 // 여순사건 때는 / 죽을 고비 수십 번 넘기시더니 / 땅뙈기 세간 고스란히 놓아둔 채 / 처자식 주렁주렁 달고 / 새벽에 고향을 버리시던 아버지. // 삼십년을 떠돌다 / 고향 찾아드니 아버지 모습이며 음성 / 동리산에 가득한 듯하나 // 눈에 들어오는 것 / 폐허뿐이네 적막뿐이네.”(「원달리의 아버지」)

위의 시 한 편이 시인 조태일과 그 일가의 역사다. 노루 사슴, 심지어 호랑이 날짐승과도 오순도순 살아야 했던 시인이 『국토』나 『식칼론』과 같은 거친 숨소리를 쏟아내야 했던 것은 어두운 시절이 지게 한 짐을 기꺼이 겼을 뿐 그의 본성은 아니었다. 그의 다른 시에서는 곡괭이에 찍혀 나온 병사의 백골이 눈 시린 동자승이 되고, 처녀 적에 달빛을 좋아해 늘 울멍울멍했다고 나오는 누나는 태안사 염불소리 들으며 영남 땅에 누워 있다고 나온다. 그의 만년의 시들은 노루 호랑이와 오순도순 놀던 동심으로 돌아가 쓴 시들이다. 결국 조태일 시의 시작점과 귀착점은 태안사였던 것이다.

저녁 구름이 석탑 위로 몰려왔다. 태안사에 간다면 노루, 사슴, 호랑이, 날짐승과도 오순도순 살 수 있는 동심으로 갈 일이다. 시인이 되어 일주문을 나설 것이다.

순천 불일암(佛日庵)

훨훨 날아서
가고 싶은 곳이 있다

"육신을 버린 후에는 훨훨 날아서 가고 싶은 곳이 있다. '어린 왕자'가
사는 별나라 같은 곳이다. 의자의 위치만 옮겨놓으면 하루에도 해지는
광경을 몇 번이고 볼 수 있다는 아주 조그만 그런 별나라."

- 『무소유-미리 쓰는 유서』 중에서

그리고 30년이 지난 2010년 봄. 그는 한 그루 나무 곁으로 돌아온다.
『무소유』의 법정(法頂, 1932~2010) 스님이다. 스님은 열반에 들었고, 다
비를 치른 유골은 손수 심었던 불일암 후박나무 곁에 모셨다.

불일암은 순천 송광사의 산내 암자로, 송광사의 제7대 국사인 자정 스님이 자정암으로 창건했다. 몇 차례 중수를 거듭한 암자는 한국전쟁 으로 퇴락했고, 1975년 법정 스님이 중건하면서 불일암이라는 편액이 걸렸다. 스님은 17년간 이곳에 머물렀다.

스님은 충남대 3학년을 수료한 후 1956년에 통영 미래사에서 효봉 스님을 은사로 출가했다. 비구계를 받고 난 후에는 역경 불사와 『불교 사전』 편찬 등에 매진했다. 4·19와 5·16을 겪으며 유신철폐 개헌서명 운동에 동참했던 스님은 8명의 목숨을 앗아간 인혁당 사건이 후 산으 로 돌아간다. 스님은 불일암을 손봐 이곳에서 홀로 살기 시작한다. 그 리고 1976년 『무소유』를 출간한다. 간디와 함께 스님이 영향을 받았던 소로가 월든 숲으로 들어가 그의 대표 저서인 『시민의 불복종』을 썼던 것처럼, 스님은 산으로 들어가 『무소유』를 썼다.

한바탕 비가 지나가고 바람이 불어왔다. 2km 남짓의 불일암 가는 길 은 편백나무숲과 대나무숲이 이어진 오솔길이다. 침묵으로 서 있는 편 백나무 숲과 천 년의 소리로 쓸려다니는 대숲의 오솔길은 주인을 닮아 가고 있었다.

『무소유』는 중쇄를 거듭했다. 스님의 불명(佛名)은 종교를 초월한 이 름이 되었고, '무소유'는 별호처럼 스님의 이름을 따라 다녔다. 걱정스 러운 시절을 걱정하던 한 선지식은 '소유'를 위해 살아가는 중생들에게

'무소유'를 이야기하기 시작한다.

"이제부터 나는 하루 한 가지씩 버려야겠다고 스스로 다짐을 했다. 난을 통해 무소유의 의미 같은 걸 터득하게 됐다고나 할까. 인간의 역사는 어떻게 보면 소유사(所有史)처럼 느껴진다. 보다 많은 자기네 몫을 위해 끊임없이 싸우고 있다. 소유욕에는 한정도 없고 휴일도 없다. 그저 하나라도 더 많이 갖고자 하는 일념으로 출렁거리고 있다. 물건만으로는 성에 차질 않아 사람까지 소유하려 든다. 그 사람이 제 뜻대로 되지 않을 경우는 끔찍한 비극도 불사하면서. 제 정신도 갖지 못한 처지에 남을 가지려 하는 것이다. (중략) 크게 버리는 사람만이 크게 얻을 수 있다는 말이 있다. 물건으로 인해 마음이 상하고 있는 사람들에게는 한

번쯤 생각해볼 말씀이다. 아무것도 갖지 않을 때 비로소 온 세상을 갖
게 된다는 것은 무소유의 또 다른 의미이다."

『무소유』는 많은 사람들의 마음을 적셨다. 173쇄를 찍었고, 300만 부
가 넘게 팔렸다.

2010년 3월 11일, 스님은 원적에 들었다. 장례는 간소했다. 간소한
삶을 찾아 떠나는 마지막 길이었다. 스님의 유골이 모셔진 후박나무 곁
에는 스님이 생전에 손수 만들어 앉았던 '빠삐용 의자'가 조계산을 바
라보고 앉아 있었다. 하루에도 몇 번씩 노을을 바라볼 수 있는 어린 왕
자의 별나라가 불일암이었을까.

언젠가 스님은 어린 왕자에게 편지를 썼다.

'어린 왕자! 지금 밖에는 가랑잎 구르는 소리가 들린다. 창호에 번지는 하오의 햇살이 지극히 선하다. 이런 시각에 나는 티 없이 맑은 네 목소리를 듣는다. 구슬 같은 눈매를 본다. 하루에도 몇 번씩 해지는 광경을 바라보고 있을 그 눈매를 그린다. 이런 메아리가 울려온다. "나하고 친하자. 나는 외롭다."'

- 『무소유-어린 왕자에게 보내는 편지』 중에서

불일암에 간다면 어린 왕자의 마음으로 갈 일이다. 빠삐용 의자에 앉은 스님이 어린 왕자를 기다리고 있기 때문이다.

경주 불국사(佛國寺)

불국사의 탑은
사랑을 바친 공든 탑이다

경주 불국사에는 애달픈 전설이 있다. 석공 아사달과 그의 아내 아사녀의 이야기다. 전설은 소설이 된다. 현진건(1900~1943)의 소설 『무영탑』에서 부여의 석공 아사달은 혼인한 지 1년도 안된 아내 아사녀를 부여에 남겨두고 서라벌 불국사로 떠난다. 다보탑과 석가탑을 세운 후 다시 만날 것을 약속하지만 그들은 영영 만나지 못한다.

  1938년부터 1939년까지 동아일보에 연재됐던 『무영탑』은 작가인 현진건이 동아일보 재직시(사회부장) 이른바 '일장기말살사건'으로 1년간의 옥살이 후에 쓴 작품이다.

그 옛날 연못 위에 떠있던 청운교
백운교가 지나간 소나기에 젖어 있
고, 자하문 지붕 너머에는 다보탑의
윗토막이 구름에 흘러가고 있다.

다보탑을 다 짓고 난 아사달은
석가탑을 짓고 있었다. 부여를 떠
나온 지 3년째 되던 초파일 밤. 아
사달은 고요하게 쏟아지는 달빛 아
래서 다보탑을 돈다. 부여를 떠나
기 전날 밤, 그 자그마한 가슴으로
꿀꺽꿀꺽 돌아누워 울던 아내의 모
습이 떠오른다. 떠나던 날 멀리서 불렀던 이름, 아사녀. 그 이름이 사무
쳐 탑을 돌고 또 돈다.

유네스코 세계문화유산인 불국사는 528년(신라 법흥왕 15)에 세워졌
다는 설과 이보다 앞선 눌지왕 때 세워졌다는 설이 있다. 임진왜란 때
가람이 많이 소실됐고, 40여 차례의 중수와 일제강점기의 대규모 개
수, 1969년 구성된 불국사 복원위원회의 불사를 거쳐 오늘의 이르고
있다.

"여기가 분명히 불국사입지요?"

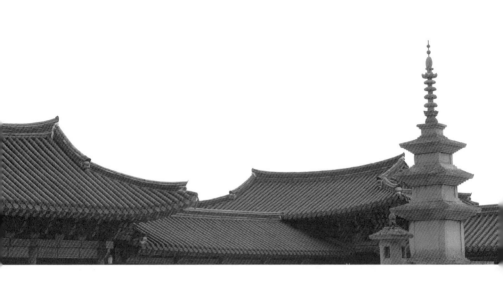

　불국사의 저녁나절. 웬 여자 거지 하나가 절문 앞에 나타난다. 아사
녀다. 남편을 만나기 위해 서라벌에 온 것이다.

　"무슨 소관이 있어 불국사를 찾으시오?"

　"이 절에 부여에서 온 석수가 있습지요? 아사달이라고. 그 어른이 제
남편이요."

　"안 되오. 그 석수는 지금 볼 수 없소. 여기가 어딘 줄 알고 찾아왔담.
절간에 아무 여편네나 함부로 들이는 줄 아나 봐."

　석가탑이 다 지어지기 전에는 아사달을 만날 수 없다는 문지기의 말
에 아사녀는 절망한다.

　"제가 어디서 그 탑이 다 되고 안 된 것을 보고 온단 말씀이요. 온, 그
탑 그림자라도 보아야 알 것 아녜요."

　"여보 아주먼네, 그러면 좋은 수가 있소. 여기서 훤하게 내다보이는

저 길로 한 10리만 가면 거기 그림자못(影池)이란 어마어마하게 큰 못이 있소. 그 못에는 이 세상 어느 물건치고 아니 비치는 게 없단 말이오. 지금 아사달이 짓는 석가탑 그림자도 뚜렷이 비칠 거란 말이거든. 자, 그 연못에 가서 기다려보오."

끝내 석가탑의 그림자는 영지에 비치지 않는다. 하여 석가탑을 무영탑이라 한다.

불국사 뜰에는 아사녀가 그림자도 보지 못했던 석가탑이 노을에 젖고 있었다. 석가탑이 완성되던 날 아사녀는 영지에 몸을 던진다.

"나는 가요, 저 물속으로. 내 시신 위에나마 당신이 이룩한 석가탑의 그림자를 비춰주어요."

경주시 왜동읍, 영지 위로 바람이 불고 있었고, 세상의 모든 그림자들이 물결에 흘러가고 있었다. 석가탑이 완성되고 난 다음 날 아침, 아사달은 죽은 아사녀를 찾아 영지를 헤매다 끝내 아사녀를 찾지 못하고 돌덩이에 아사녀를 새긴다.

"그 먼 길에 나를 찾아오느라고 그 파리해진 얼굴을, 그 저는 다리를 보여주지 않고 죽다니 말이 되느냐. 그렇게 의젓한 그였거늘, 그렇게 차근차근하였거늘, 그렇게 나이보다 숙성한 그였거늘, 얌전한 그였거늘, 사랑 많은 그였거늘 나를 버리고 죽다니 말이 되느냐. 아사달은 허리춤에 꽂았던 마치와 정을 빼어 들었다. 그는 방장 나타난 제 아내의 환영을 그대로 그 돌에 새기기 시작하였다." 영지 옆에 있는 석불좌상이 그것이라고 전해 온다.

불국사에 간다면 사랑하는 사람과 갈 일이다. 사랑이 바쳐진 공든 탑이 있기 때문이다.

인제 오세암(五歲庵)

<u>마음을 다한 동심이</u>
<u>부처가 되다</u>

겨울 바닷가에 눈이 내린다. 대여섯 살쯤 되어 보이는 사내아이가 앞
못 보는 소녀의 손을 잡고 날리는 눈 속에 서 있다. "누나, 눈이 바다보
다 넓게 내린다." 사내아이는 눈이 내리는 모습을 누나에게 그렇게 그
려주고 있었다.

정채봉(1946~2001)의 동화 「오세암」은 첫 장면부터 가슴을 뻐근하게
한다. 설악산 오세암의 오세동자와 백의관음보살의 설화를 바탕으로
쓴 중편 동화다.

"너희들 왜 집에 가지 않고 여기에 있니?"

"우리는 집이 없어."

"그럼 여기서 자겠단 말이냐?"

갈 곳 없이 떠돌던 남매 감이와 길손이는 스님을 따라 절로 가게 된다. 감이와 길손이의 절 생활이 시작되고 슬픈 동화 한 편이 시작된다.

눈 내리는 동화 속의 오세암을 덮고, 설악산으로 향했다. 백담사에서 걸어서 두 시간 반 정도 거리에 오세암이 있다. 쉬운 길은 아니다. 설정 스님도 눈길에 막혀 끝내는 가지 못하고 길손이를 부처님 품으로 보낼 수밖에 없었던 곳이다.

큰절을 나와 스님과 길손이가 암자를 향해 걷는다. 길손은 누나와 헤어지는 것이 아쉬웠지만 마음의 눈을 뜨기 위해선 공부를 해야 한다는 스님의 말에 길을 나선다.

"거기에도 좋은 샘이 있다니까 그러는구나."

"스님 바보야. 내가 물 가져가는 것 같아?"

"그럼 물이 아니고 무엇이냐?"

"흰구름을 넣어 가지고 가는 거야. 요 앞날 개울에서 건져왔거든."

스님과 길손이의 발자국을 따라 걸었다. 가끔씩 다람쥐가 따라 붙었고, 덮고 온 동화의 장면 장면이 따라왔다. 개울물이 눈물처럼 흘렀다.

설악산 오세암은 647년(선덕여왕 13)에 자장 스님이 세웠다. 스님은 관음조의 인도를 받아 관음보살님을 친견한 후 관음암을 세웠고, 설화 속의 오세동자로 인해 후에 오세암으로 바뀌었다. 작가 정채봉은 그 오세동자의 전설을 듣고 암자를 찾아 나섰고, 「오세암」을 썼다.

그의 동화는 어린이뿐만 아니라 어른들에게도 깊은 감동을 주는 것으로 널리 알려져 있다. 늘 소년의 마음으로 살았던 그는 어른이 될 아이들을 위해, 아이였던 어른들을 위해 동화를 썼다.

오세암이다. 노란 가을꽃이 손을 흔들었다. 풍경소리가 요란하게 들려왔다. 가을바람이 꽃과 풀을 누이고, 숲을 누이고, 산을 누이고 있었다. 길손이와 스님이 관음암에 당도한 것은 해가 뉘엿뉘엿 질 무렵이었다.

"엄마라고 불러도 돼요? 나는 엄마가 없어요. 엄마 얼굴도 모르는걸 요. 정말이어요. 내 소원을 말할게요. 내 소원은 엄마를… 엄마를 가지 는 거예요. 엄마라고 불러도 돼요?"

길손이는 골방에 모셔진 관음탱을 보고 엄마라고 부른다.

이튿날, 스님은 양식을 사러 산 아래로 내려가고, 암자엔 길손이 혼 자 남게 된다.

"금방 갔다 오는 거야?"

"그럼, 금방 오고말고. 길손아, 내일 내가 없는 동안 무섭거나 어려운 일이 생기면 관세음보살, 관세음보살 하고 관세음보살님을 찾거라. 알 았지?"

"그러면 관세음보살님이 오셔?"

"오고말고. 네가 마음을 다하여 부르면 꼭 오시지."

"마음을 다해 부르면? 그러면 엄마가 온단 말이지?"

가을바람이 더 세차게 불어왔다. 산마루엔 구름이 감기고 빗줄기가 다녀갔다. 동화 속에선 큰 눈이 내린다. 산 아래로 내려간 스님은 눈길 에 막혀 암자로 돌아오지 못한 채 부처님을 부르다, 길손이를 부르다 눈 위에 쓰러지고 만다.

"이 어린아이는 곧 하늘의 모습이다. 티끌 하나만큼도 더 얹히지 않 았고 덜하지도 않았다. 오직 변하지 않는 그대로 나를 불렀으며 나뉘지 않은 마음으로 나를 찾았다. 이 아이는 부처님이 되었다."

눈이 녹고 땅이 풀려 스님과 감이가 길손이를 찾아갔을 때, 길손이는 관세음보살 품에 있었다. 스님은 길손이한테 절을 했다. 눈을 뜨게 된 감이도 따라서 절을 했다.

장작불이 타오른다. 연기는 곧게 하늘로 올라가서 흰구름과 함께 조용히 흘러가고, 길손의 마지막 길을 지켜보던 감이는 눈물을 흘린다. "저 연기 좀 붙들어 줘요, 저 연기 좀 붙들어 줘요…."

오세암에 간다면 마음을 다해서 갈 일이다. 감이는 그렇게 눈을 떴고, 길손이는 그렇게 부처님이 되었기 때문이다.

구례 연곡사(鷰谷寺)

설레는 마음으로 가보고 싶은
소설 속의 절

1994년 8월 15일 새벽 2시. 박경리(1926~2008)의 소설 『토지』가 끝났다. 1969년 〈현대문학〉 9월호에 연재를 시작한 이래 25년 만이다. 1897년 한가위로부터 시작되는 『토지』의 이야기는 해안을 끼고 달리는 열차처럼 구한말의 무거운 역사를 끼고 긴 여정을 시작한다. 그 여정의 길목 길목에 연곡사가 나온다.

가을이다. 숲도, 새소리도, 대웅전 위의 하늘빛도, 수각에 고이는 물소리도 모두 가을이다. 연곡사는 소설 속에서나 역사 속에서나 모두 한가롭지 못했다. 소설 속에서는 주인공들이 아픔을 묻고 가는 곳이었고, 역사 속에서는 소실과 중건을 거듭했다. 천 년이 넘는 세월과 48년 동안의 『토지』속에서 고단했던 연곡사가 마지막 원고에 찍힌 마침표처럼 한가롭게 서있다. 연기 스님이 신라 진흥왕 5년(544년)에 창건한 것으로 전해 오는 연곡사는 임진왜란 때 많이 소실됐고, 중건된 도량은 구한말 의병의 근거지였다는 이유로 또 한 번 일본군에 의해 불태워졌다. 한국전쟁을 겪으며 다시 소실된 도량을 중건하여 오늘에 이르고 있다.

『토지』는 경남 하동 평사리의 만석꾼 최참판 일가의 이야기다. 주인 최치수와 그의 어머니 윤씨 부인의 죽음으로 인해 집안이 몰락하게 되고, 어린 몸으로 홀로 남게 된 서희가 오랜 고난 끝에 집안을 다시 찾는 이야기다. 총 21권으로 완간된 『토지』는 '소설'이기 이전에 작가 박경리의 '또 하나의 삶'이다. 25년 동안 수많은 인물들과 함께 살아가면서 역사를 지나가고 문학을 지나가고 우리의 가슴속을 지나간다. 그러기에 『토지』를 읽는 것은 박경리라는 사람과 한 시절을 함께 사는 것이다. 소설 속의 이야기만큼 작가 자신의 삶 또한 힘겨웠기에 더욱 그러했다. 행방불명된 남편의 그늘에서 빠져나오자 암이 그를 기다리고 있었고, 가슴에 붕대를 감고 다시 원고지 앞에 앉은 그는 사위 김지하의 투옥으로 외손자 원보를 업어가며 『토지』를 썼다. "내가 행복했다면 문학을 하지 않았을 것이다."고 그는 생전에 말했다.

돌담 밑엔 코스모스가 피었고, 햇살 뿌려진 곳엔 꽃무릇이 옹기종기

모였다. 마당엔 윤씨 부인의 가마가 서 있고 가마 뒤에선 아이 하나가
울먹거리고 있다. 훗날 서희와 결혼하여 최참판집의 주인이 되는 길상
이다. 그는 연곡사에서 온 아이였다. 윤씨 부인은 연곡사에서 주지 우
관 스님의 동생 김개주로 인해 불의의 자식을 얻게 된다. 환이다. 후에
구천이란 이름으로 최참판집으로 들어가지만 윤씨 부인을 한 번도 어
머니라 불러보지 못하고 떠나게 된다. 법당에서 독경소리가 들려왔다.
비로자나부처님 아래 스님과 불자들이 앉았다. 목탁소리가 팽팽하게
당겨진 가을 하늘을 두드린다.

구례 연곡사(鷰谷寺)

"높은 석대 위에 솟은 대웅전, 그 아래 뜨락을 스님들이 법의자락을 펄럭이며 왔다갔다하고 있는 모습이 보인다. 저녁공양은 끝났을 성싶다. 환이는 돌아서서 물대를 타고 졸졸 흘러내리는 물을 우두커니 내려다본다." 환이가 큰아버지인 우관 스님을 찾아 연곡사에 오는 대목이다. 형 최치수가 그를 쫓고 있을 때였다. 환이는 형의 아내를 사랑했다. 수각에 고여드는 물 위로 파란 하늘이 일렁인다. 멀리 일주문이 보인다. 윤씨 부인의 가마를 따라 하동 평사리로 가는 길상이를 떠올리며 일주문을 나섰다.

"이놈 길상아, 개천에서 용난다고 했느니라." 윤씨 부인 가마 뒤에서 울먹울먹 하는 길상에게 우관 스님은 굵은 불덩이 같은 눈망울을 굴리며 호통치듯 말했다.
"구례에서 평사리까지 그리 긴 도정은 아니었으나 길상은 왜 노스님이 자기를 최참판댁에 보내는지 알 수 없었다. 그러나 절 밖의 세상을 모르는 길상은 모든 눈에 띄는 것이 다 신기했다. 아름다운 섬진강이 어디를 향해 흘러가는지 궁금하였고 뗏목을 타고 가는 뗏목꾼, 장배의 사공이 강물을 따라 강물이 흐르는 곳으로 내려가는 것도 신기로웠다. 하늘 끝간 데가 어디멘지 세상은 넓고 또 넓은 것 같아 가슴이 설레었던 것이다."
금어(金魚)의 소망을 가졌던 길상은 후에 어릴 적 품었던 금어의 꿈을 이룬다. 간도에서 돌아와 투옥됐던 그는 출옥 후 지리산 도솔암으로 들어가 걸작을 남긴다. 절 밖 세상으로 가야 했던 길상은 오랜 세월을 돌아 부처님 곁으로 돌아가게 된다.

　연곡사에 간다면 길상이 절 밖으로 나갈 때 설레었던 그 마음으로 갈 일이다. 도량에 들어서는 일이 설레는 하루가 될 것이다.

산승(山僧)이 바랑을 메고
세상을 걷다

김종완(수필가·문학평론가)

　박재완은 현대불교신문사의 사진기자였다. 그의 재능을 알아본 직장 상
사의 추천으로 그는 수필가로 등단했다. 등단 전 2~3년 동안 자사 불교신
문에 포토 에세이를 연재한 적이 있는데 추천의 근거가 바로 그 포토 에세
이였다. 사진뿐만 아니라 짧은 에세이가 참말로 죽여준다는 것. 나중에 그
글을 읽을 기회가 있었다. 대체로 몇 줄 안 되는 짧은 글인데 지금까지 봐
온 어떤 글과도 다른 빛깔의 서정을 품고 있었다. 그 글에 반한 나는 등단
한 지 몇 달밖에 되지 않은 신인작가의 이미 발표된 글들을, 불교신문과 문
학지의 독자가 겹치지 않는다는 억지를 부려 수필 전문지 〈에세이스트〉에
재연재하는 무리를 범하고 말았다. 반응은 폭발적이었다.

「아침」(p.12)

　연재를 여는 작품이다. 사진은 새벽, 세 겹으로 겹친 능선 위로 안개가 걷히고 있다. "밤새 숲에 묵었던 안개가 아침 햇살에 불려간다. 산새 한 마리가 울어 시간을 깨우고 안개를 털어내는 나무와 풀들로 우주는 비로소 뜻을 가지기 시작했다." 연재의 첫 출발은 바로 이 문장으로 시작한다. 밤새 안개가 숲에 묵었다는 표현이 참 따듯했다. 산새가 울어서 시간을 깨우고 (우는 산새가 없다면 숲은 계속해서 안개에 갇혀 있을 것이다) 그러자 나무와 풀들이 깨어나 안개를 털어내자 우주가 뜻을 갖기 시작했다는 표현에서 그가 살아가려는 삶에 대한 어떤 결의가 보이는 듯 했다. 산중의 절이 의미를 갖는 것은 그곳에 깨어난 산승(山僧)이 있기 때문이다. 그가 일찍 일어나 좌선으로 시간을 깨우고 삼라만상이 잠에서 깨어나 주섬주섬 일어나 의식을 찾기 시작하고 그러자 우주가 비로소 뜻을 갖게 된다는 것이다. 우주의 의미를 깨어난 한 사람의 존재로부터 시작하려 한다. 그가 앞으로 쓸 글의 자세가 어떠하리라는 걸 알 수 있다. 그는 우리더러 세상을 깨우는 한 마리의 산새가 되자고 한다.

「삼월」(p.13)

　낮은 담장이 사진의 3/4 부분에서 끝나고 그 나머지는 열린 공간으로 큰 규모의 한옥이 들여다보인다. 담장 뒤로 몇 그루의 큰 나무들이 화사하게 꽃을 피워서 거의 사진 전체를 꽉 채우고 있다. 때는 바야흐로 3월, 봄꽃이 반란하듯 화사하게 피어 모두가 넋이 빠졌다. 그런데 그 화사한 봄꽃에 가려 보이지 않지만 담장 뒤에서 우는 사람이 있다는 것이다. 엘리엇은 전쟁의 폐허 위에 또다시 봄이 찾아와 아무런 일도 없었다는 듯 화사한 꽃망울을 천연덕스럽게 터뜨리자 잔인한 4월이라고 했다. 세상과 자연의 아이러니를 목격했다. 그때 우는 자는 시인 자신이다. 인간이 만든 전쟁의 잔혹함을 목격한 사람이 우는 자이다. 박재완에게 3월은 잔인하다. 담장 뒤에 숨어서 우는 자가 있는데도 아무도 그 사람을 보지 못하기 때문이다. 3월이면 화사함 뒤에 숨어서, 다정(多情)도 병인 양하여 우는 자, 이 감성으로 이 세상 어찌 살까나. 가슴 아파 어찌 살꺼나!

「가을에는」(p.29)

상왕산 개심사에는 연못이 있다. 때는 바야흐로 만추(晩秋). 낙엽은 연못 위에 하염없이 떨어지고, 연못에 잠긴 파란 하늘이 낙엽들 사이로 언뜻언뜻 보인다. 자세히 보니 보이는 것은 하늘만이 아니다. 낙엽을 떨어뜨린 앙상한 가지가 물 위에 그림자를 떨어뜨리고 있다. 그림자가 움직인다. 산새 한 마리 날아와 그 가지 위에 앉은 거다.

"가을엔 자연도 자신을 바라보는 것 같았다. 연못에 떨어진 낙엽은 떠나온 가지를 볼 수 있었고, 가지를 옮겨 앉은 산새의 눈엔 떠나온 숲이 보였다. … 개심사 연못은 시를 써낸 눈동자처럼 깊었고, 쌓이는 낙엽 사이로 하늘이 하늘을 바라보고 있었다." 우리는 떠난 자리를 다시 뒤돌아보지 않는다. 삶을 선형(線型)으로 이해하기 때문에 모든 가치를 미래에 두기 때문이다. 과거에 미련을 가지는 것은 죽은 아이 불알 만지기다. 그 시간마저 미래에 투자하라. 바쁘고 바쁘다. 모두 앞만 보고 달리는 세상에서 유독 뒤

돌아보기. 그의 슬픔은 그가 떠나온 자리를 돌아봄에서 출발한다. 본처귀환(本處歸還)이라면 애당초 왜 떠나지? 죽을 거라면 왜 삶이 있는 것이지? 그러면서 깨닫는 게 삶이란 결과가 아니라 과정이라는 것. 과정을 즐기지 못하면 삶이란 언제나 버겁고 힘든 것이다. 즐기는 것이란 대상을 그(3인칭)가 아닌 너(2인칭)로 바라봄이다. 너로 바라봄이란 타자에 대한 온존한 사랑이다. 온전하려 한다는 것은 항상 결핍감에 시달리고, 그 아픔을 오롯이 견뎌야 함을 전제함이다. 아픔만큼 삶이야 깊어지겠지만.

「나에게」(p.18)

나의 바람을 기도하듯 9개의 대구(對句)로 적었다. 그 중 일부. "공부는 많이 안 됐어도 게으르지만 않았으면 좋겠고, 할 수 없이 내는 말은 흙이 내는 풀잎 같았으면 좋겠다.""잠든 모습은 절 마당 같았으면 좋겠고, 지나간 하루는 절 마당을 지나간 나무 그림자 같았으면 좋겠다." 이런 걸 형상화라고 한다. 보이지 않는 관념어와 추상어를 눈에 생생하게 보였다면 그보다 훌륭한 형상화는 없다. 내가 뱉는 말이 "흙이 내는 풀잎" 같았으면 하다니, 내가 잠든 모습이 "절 마당" 같았으면 하다니, 하루가 "절 마당을 지나는 나무 그림자" 같았으면 하다니! 그는 언어로 도저히 얻을 수 없는 그림 한 장을 거뜬히 그려내었다. 그러자 부작용으로 삶이 너무 경건해져버렸다. 아니 그에게 삶은 그렇게 경건한 것임에 틀림없다.

사실 박재완은 아직 수필을 몇 편밖에 쓰지 못했다. 그를 이해하기 위해서는 「어머니의 관세음보살」로부터 이야기를 시작해야 한다.

초등학교 5학년 여름방학, 1학기 성적표를 받고는 실망할 어머니의 얼굴이 떠오르자 성적표를 고친다. 어떻게 고칠 수 있었는지는 말하지 않고 단지 "그때는 그럴 수 있었다. 작게 써진 '우' 위에 'ㅅ'을 얹어 '수'를 만들었다."라고만 썼다." 어머니에게 성적표를 내밀었을 때, 가슴은 터질 것 같았고 어머니의 얼굴을 제대로 바라볼 수 없었다." 괴로운 나날이 계속된다. "모두 잠이 들었을 때, 나는 일어나 앉아 한참을 생각했다. 지옥에서 나가고 싶었다. 나는 책상서랍에서 성적표를 꺼내들고 조용히 안방 문을 열었다. … 잠든 어머니를 한참 동안 바라보았다. 눈물이 흘렀다. 그토록 무섭고 두려운 밤은 없었다. 한참을 혼자 울었다. … 어머니는 울고 있는 나의 손을 잡고 조용히 밖으로 나왔다. 내 손에 들려진 성적표를 본 어머니는 내 손을 다시 꼭 잡고 나를 보았다." 어머니는 화자가 성적표를 위조했다는 걸 이미 알고 있었을까, 모르고 있었을까? 답은 이미 알고 있었다. 학교에 가서 확인을 한 후였다. 그러면서도 평상시처럼 관세음보살만을 외고 계셨던 것이다.

어머니는 관세음보살을 외는 걸 일과로 삼은 독실한 신앙인이었다. 어머니는 기도노트를 하나 가지고 계시는데, 긴 염주를 돌려서 관세음보살을 108번 외면 바를 정(正)자 한 획을 긋는 거였다. 그렇게 쓰인 正자가 공책에 빽빽했다.

"엄마도 며칠 못 잤다. … 그래도 다행이다. 네가 먼저 얘기해줘서. 엄마의 걱정은 네가 끝내 이야기하지 않는 것이었다. 그러지 않아주길 바라면서 며칠 밤을 보냈다. 이제 네가 이야기했으니 엄마는 괜찮다. 선생님도 따로 말씀하지 않으실 거다."

이건 초등학생용 도덕 부교재에나 나올 법한 너무나 뻔한 이야기로 읽힐 수도 있겠다. 다만 종교적 편향 때문에 특정 종교를 지우려고 하겠지만. 그런데 이 예민한 종교성이 그를 이해하는 키워드가 된다. 그는 불교신문사에 근무하면서도 평소 말하길 자신은 제대로 된 불교신자가 아니라고 한다. 그런데도 내가 보기엔 그는 종교적이다. 특히나 불교적이다. 그는 자기 어머니식의 신앙행위 자체에 의미를 두는 것 같지 않다. 어머니의 노트를 초등저학년 받아쓰기노트라 해도(한 페이지에 100칸이 그려져 있다) 한 장을 채우려면 108×5×100 = 54,000번 관세음보살을 외워야 한다. 그는 법당에 들어서면 1초의 망설임도 없이 부처님 앞에 무릎을 꿇고, 그러면 '나의 가장 깊은 우수와 만나는 시간'이 된다고 했다. 기원하는 게 아니라 자기의 내면과 대면한다. 기도야 어머니가 내 몫까지 다 해서 자기는 내면을 들여다보며 자기를 찾으면 된다는 투다. 그런 그가 불교신문사에 들어와 관세음보살의 의미를 알고 난 후 이렇게 쓰고 있다.

나는 그날 밤 잠자리에 누워 눈물로 관세음보살을 불렀다. 20여년이 흐른 뒤 … 다시 놀랄 수밖에 없었다. 관세음보살은 듣고 있었던 것이다. 그때 어머니와 나는 한 마음으로 관세음보살을 찾았고, 어머니와 나는 지옥에서 나올 수 있었다. "관세음보살."

그에게 신앙은 이런 것이다. 그의 종교는 어려서부터 몸에 스며든 것이다. 그리하여 그가 비록 종교인으로서의 자신을 부인하지만 나에겐 그는 바랑을 메고 도시를 걸으며 세상의 아픔을 볼 때마다 간절히 관세음보살을 외는 산승으로 보인다. 관세음보살에게 왜 천수천안(千手千眼)이 생겼을까? 세상의 아픔이 내 아픔이 되어 간절히 하나하나 모든 아픔을 품고자 해서 천수천안이 되었을 것이다. 그의 어머니의 발원이 너무 간절하기에 아마 그에게도 언젠가 눈과 손이 하나씩 하나씩 돋아나지 않을까.

「산사로 가는 길」(p.76)

화자는 불교신문사 사진기자다. 그래서 사진 찍으러 오래된 산사에 간다. 오래된 풍경이 그에게 종교가 되었다. 그에게 종교란 나를 생각게 하는 그 무엇이니까. "숲길을 지나 산사에 들어서면 천 년이 넘은 풍경이 내게 묻기 시작한다. 무엇을 찍을 거냐고. 나는 늘 그 차가운 물음에서 시작한다. 내가 카메라를 들고 바라보는 세상은 늘 그렇게 나에게 물었다. 나는 그 막막한 물음을 지고 풍경 속으로 들어간다." 산사의 아름다움에 대한 그만의 발견들로 한 단락이 흘러 넘쳤다. 그러다 드디어 그가 만난 것은?

도량의 이곳저곳을 걷다보면 힘든 시간이 온다. 찍고 싶어도 찍을 수 없는 것들과 만나게 된다. 부도에서 지워진 불명(佛名)들. 찾을 수 없는 석탑의 조각들. 세월을 따라간 단청들. 어딘가에 있을 선지식의 아픔들. 노을보다 붉은 종루의 종소리. 바람을 가진 처마 끝의 풍경(風磬). 숲에서 보았던 새들의 하늘까지. 셔터만으로는 찍을 수 없는 것들이 눈앞에 다가온다. 카메라를 들고 바라보는 세상이 쉽지 않은 것은 바로 찍을 수 없는 것들이 눈에 들어온다는 것이다.

그의 뛰어남은 전복을 너무나 자연스럽게 할 줄 안다는 것이다. 사진기자가 찍을 수 없는 풍경과의 대면이라니! 이것은 패러독스다. 그 다음 그가 할 수 있는 행동이란 무엇일까? "나는 잠시 카메라를 내려놓고 법당에 들어간다. 대웅전·극락전·설법전···. 한 겹 창호에 가려진 저편으로 들면 1초의 망설임도 없이 무릎을 꿇을 수 있다. 그곳에 가면 그렇게 무릎을 꿇을 수 있어서 좋다. 무릎을 꿇을 수 있는 시간이 주어진 것이다." 그리고 그가 만나는 것은 부처님이 아니다. 나를 만나는 것이다. "나의 가장 깊은 우수와 만나는 시간이다. 언제부턴가 나는 무릎을 꿇으러 산사에 가고 있었는지도 모른다."

그는 무엇을 찍었는가? 그 보이지 않는 것들, 찍히지 않는 것들을 찍었다. 그것들은 찍혔을까? 얼마는 찍혔을 것이고, 또 얼마는 찍지 못했을 것이다. 그래서 이 글은 이렇게 끝난다. "어제 못한 일이 있어 오늘이 있는 것처럼, 나에게 산사는 어제 다하지 못한 오늘이다. 다시 산사에 가는 날을 기다린다."

「무명」(p.114)

「무명」은 11줄의 아포리즘적 짧은 글을 수필로 개작한 글이다. 불교신문사의 사진기자인 화자에게 한 컷의 사진이 필요했다. 1월 1일자 신년호의 커버 사진이었을까?

"떠오르는 태양과 그 햇살에 눈뜨는 마애불을 찍기 위해서 해가 뜨기 전에 마애불 앞에 가 있어야 했다." '햇살에 눈뜨는 마애불'은 실은 일출의 햇살을 받아 빛나는 마애불이다. 그는 부처가 자비의 빛으로 세상을 비춰주는 모습을 사진으로 연출하기 위해서 가는 길이다. 연출이다. 인간이란 종은 이렇게 놀면서 살아왔다. 그리고 그걸 예술한다, 라고 했다. 새벽, 손전등 하나를 들고 산길을 올랐다. "사전답사는 아무 의미가 없었다. 길은 어둠이 모두 지워버렸고 … 이 세상에 혼자만이 서 있는 기분이 당황스러웠다. 어둠이 무서웠다. … 돌아갈 수도 없었다. '밥벌이'라는 것이 세상의 모든 위대함의 시작이라는 생각이 들었다." 한 겨울 어둠 속에 무서움에 떨면서도 한 컷을 건지려고 산을 오르는 것은 직업의식 때문이다. 굳이 밥벌이 운운하며 자기연민에 빠질 필요는 없다. 이 글에서 중요한 것은 어둠(無明)이 엄청 무섭더라는 경험이다. 손전등 하나를 들었는데도 무서움은 가시지 않는다. 작가는 뛰어난 글쟁이여서 불교신자들에게 어떻게 접근해야 하는지를 훤히 꿰고 있다. "붓다는 중생을 '무명 속에 있는 이'라고 했다. 볼 수 없기 때문에 힘든 것이라고 했다. 모든 고(苦)가 거기에서 비롯된다고 했다. 볼 수 없다는 것은 '알 수 없는 것'이고, '알 수 없는 것'에서부터 괴로움은 시작되는 것이었다." 개작 전의 무명은 그렇게 썼다. 그런데 그는 그것을 거부한다. 그리고 작가의 내면에 포커스를 맞춘다.

두려움의 정체는 나밖에 없다는 단절감이다. 어찌 같은 공간을 차지하고 있는 것이 나뿐이랴? 이 산 속은 어둠의 유무와 상관없이 풀로 나무로 들짐승들로 여전히 가득 차 있다. 왜 당신은 그들과 소통하지 못하고 홀로라며 무서움에 떠는가? 사실 나의 이 말은 맞으면서도 틀리다. 아니 100% 틀리다. 원시인들이 가졌을 무서움의 원형을 작가는 말하는데 딴소리를 하고 있는 것이다. 그 옛날 정말 아담의 언어라는 게 있었을까? 돌아가야 할 에덴은 정말 존재했을까? 돌아가야 할 유토피아란 없다. 유토피아란 돌아가야 할 곳이 아니라 우리가 미래에 만들어야 하는 곳이다. 그곳에선 풀과 나무와 들짐승과 소통할 수 있을 것이다. 하지만 이 또한 뻥이다. 에덴

동산을 만들어낸 사기수법이 또 한 번 똑같은 방식으로 작동됐을 뿐이다. 한 천재가 있어 수억 분(分)의 일의 확률로 성공할 수도 있을 것이다. 호랑이의 코에 코뚜레를 뚫고 용의 목에 목줄을 채우고…, 행여 그런다한들 인공위성을 타고 우주로 날아다니는 세상에 호랑이 타고 어디를 쏘다닐 것인가?

「무명」의 승리는 관념의 세계를 추상적인 언어가 아니라 체험적인 구체적인 언어로 그려냈다는 것이다. 「무명」의 최고의 덕목은 직접 해보지 않으면 절대로 알 수 없는 것들로 가득 찼다는 것이다. 이것들은 구체적이고 사실적이다(어둠 속에서 무서움의 체험 등). 관념의 세계를 추상적 언어로 그리려고 했던 그간의 모든 노력이 왜 실패할 수밖에 없었음을 실증했던 것이다.

글은 시간 순으로 짜였다. 시간은 흘러 여명이 드리우고 그러자 무서움증이 가셨다. 드디어 일출이다. 성공적으로 사진을 찍었다.

이 글에선 사건을 전개시키는 시선 말고 처음부터 끝까지 화자를 끈질기게 따라다니는 시선 하나가 또 있다. 스스로의 내면의 흐름을 관찰하고 감시하는 시선이다.

참으로 우스운 일이었다. 그 작은 소리에 쉰 살을 바라보는 남자가 무서워서 떨다니. 나는 움츠러들며 나의 뒤로, 또 나의 뒤로 숨고 또 숨었다. 나는 무서워서 어린아이처럼 덜덜 떨었다. … 한없이 우스워져가는 나를 확인하는 시간이었다.

나는 어둠 속에서 덜덜 떨던 나의 우스운 모습을 도마뱀의 꼬리처럼 끊어버렸다. 그것은 일종의 거짓말이었다. 말하지 않았지만 나는 어둠 속에서 보았던 '나'를 '나'로 인정하고 싶지 않았던 것이다. 나는 또 한 번 우스워졌다. 어둠 속에서 자신의 액면을 바라보던 그 때보다도 나는 더 우스워졌다. 누구를 위한, 누구를 향한 거짓말인지 알 수 없지만 나는 다시 거짓말을 하며 산을 오르고 있었다.

마애불 앞에 섰다. 그때 눈물이 왈칵 쏟아졌다. 초조했던 시간, 무서웠던 시간의 기억이 나의 가슴을 무너뜨렸다. 나는 잃어버렸던 엄마를 찾은 아이처럼 울었다. 쉰 살을 바라보는 남자는 또 한 번, 한없이 우스워졌다. 산다는 것이 그렇게 우스운 일이었다. 먹고 산다는 것이 그렇게 우스운 일이었다.

건너편 산마루에서 태양이 솟아오르기 시작했다. … 나는 어린아이처럼 울던 나의 모습을 또 다시 도마뱀의 꼬리처럼 잘라내고, 카메라의 셔터를 정신없이 눌러댔다. 나는 촬영을 마치고 산을 내려왔다. 나에겐 아무 일도 없었다. 너무나 여법하게 촬영을 마치고 산을 내려온 것이다. 보는 사람도 묻는 사람도 하나 없는데, 나는 혼자 그렇게 애써 얘기하고 있었다.

자기 내면의 흐름을 용서하지 않고 낱낱이 따지는 시선은 가장 박재완적인 시선이다. 자기 엄격성은 작가에게, 특히나 수필작가에겐 필수적인 덕목이다. 여기에서 문제가 되는 문구가 필자가 밑줄 친 부분이다. 그는 이 산행의 경험을 역경을 뚫고 어떤 목표물을 쟁취한 승리의 기록보다는 자기의 비굴을 어쩔 수 없이 목격하고만 자기 격하의 경험으로 받아들이려고 한다. 이 작가에게 이런 오기(午氣)는 왜 생기는 걸까? 극한의 상황에서 나의 허약함을 발견했다면 – 어디 이게 나만이 갖는 허약함이겠는가. 인간이란 종이 갖는 허약함일 것이다 — 어떤 경우에도 인간에 대한 재발견이고 그렇다면 진전된 시선 아닌가. 그날 솟아오르는 태양을 보며 감격해서 셔터를 눌렀던 것은 그날의 태양 자체가 특별나서가 아니라 나에게 그 태양이 특별난 의미를 가졌기 때문이다. 이 감격은 무너지는 자신을 몸으로 견뎌냈다는, 그리하여 견딘 자만이 누릴 수 있는 감격 아닌가. 그런데 박재완은 이 영광을 거부한다. 끝끝내 아무런 일도 없었다고 시치미를 땐다. 그러면서 자기의 허위의식을 눈 똑바로 뜨고 낱낱이 체크한다. 친구야, 이러면 힘들어 세상을 어떻게 사노!

> 어둠은 나에게 나의 액면을 보게 했다. 어둠은 모든 것을 지웠지만 한편으로는 모든 것들을 선명하게 드러내고 있었다. 어둠은 밖으로, 밖으로 향하는 모든 존재들의 시선을 안으로, 안으로 끌어들이는 힘이 있었다. 유한의 존재들이 '시간'에 무릎을 꿇듯, 어둠 속에 서 있는 모든 존재들은 '어둠'이라는 제단 위에 놓여 있었다.

박재완이 건져 올린 이 시대의 아포리즘이다.

「일신수필─마흔여섯에 읽은 『열하일기』」(p.80)

회사가 구조조정을 단행했다. 사옥을 정리했고, 많은 사람들이 회사를 떠났다. 사람은 회계서류의 마지막 숫자에 맞춰 남겨졌고, 책들은 작아진 사무실의 면적에 맞춰 남겨졌다. 그 많던 책들이 정리될 때, 집어 와 책꽂이에 꽂아놓은 책이 연암 박지원의 『열하일기』였다.

작년 가을 살아남아서 여전히 포토 에세이를 쓰고 있다. 사진을 골라 놓고 그 사진에 맞는 몇 줄짜리 글을 쓸 차례다. 글은 꽉 막혀 도저히 나아가지 않는다. 그러다 그 책을 잡았다. 마흔여섯에 구조조정에 살아남아서, 먹고 살기 위해 글을 쓰다가 글이 막혀 헤매다가 250년 전 연암을 만난 것이다.

아하! 공자는 노나라 240년의 사적을 책으로 만들고 『춘추(春秋)』라고 이름을 지었다. 240년 동안의 사적도 단지 한 번 봄(春)에 꽃이 피고, 가을(秋)에 낙엽 지는 덧없는 인생의 짧은 시간에 지나지 않을 것이다.

박지원의 「일신수필(馹汛隨筆)」 서문 부분이다. 공자를 연암이 만났고, 연암을 화자가 만났다. 240년 역사를 춘추라 이름한 공자의 호방함을 연암이 알아봤고, 연암의 호방함을 화자가 알아봤다. 연암은 계속해서 말한다. 240년이 꽃 한 번 피었다(春) 낙엽 한 번 지는(秋) 덧없이 짧은 세월이라면, 사람의 한평생이야…! "그런데도 그 사이에 이름을 내고 공로를 세우겠다고 하니, 서글픈 일이 아니랴."

이 글, 즉 박재완의 「일신수필…」에서 살아남은 자의 슬픔을 감지하지 못한다면 글을 헛 읽은 것이다. 어찌 지금만 세월이 비굴했겠는가. 어느 세월도 비굴했으리라. 그러나 공자는 『춘추』를 남겼고, 연암은 『열하일기』를 남겼다. 그 비겁한 세월에 그렇게 앙갚음하고 말았다. 그래서 박재완은 지금 글을 쓴다. "세월은 사라졌지만 '시절'은 그렇지 않았다. 그 시절을 기억하고 있는 것이 있는 한 '시절'은 사라지지 않는다는 것을 알았다." 공자가 시대에 앙갚음하듯, 연암이 시대에 앙갚음하듯, 시대에 앙갚음하기 위해 글로 시대를 기록하겠다는 의지가 살아있는 한 우리는 박재완을 믿어도 된다.

우리는 운 좋게도 산문가로서 빼어난 능력을 지닌 박재완이라는 사람을 거저 얻었다. 그는 말한다. 어디에서 문학을 체계적으로 배운 적도 없고, 문학하겠다고 맘먹고 글을 쓴 것도 아니고, 직장에서 쫓겨나지 않으려고 글을 썼을 뿐이라고. 그렇다면 지금 우리가 보고 있는 것은 이제 막 출발 선상에 선 작가다. 그에게 행운이 함께 하길 기원한다. 부디 당대에 일가를 이루시길.

지은이 **박재완**

서울에서 태어났다. 서울예술대학에서 사진을 전공했고 2014년까지 현대불교신문사에서 사진기자로 일했다. 비종교인이었던 작가는 신문사에서 일하면서 불교와 가까워졌다. 많은 시간 천년고찰의 산사를 오가며 그 불가적(佛家的) 풍경의 느낌들을 글로 옮기기 시작했다. 재직 중 「박재완 기자의 사찰풍경 1·2」와 「절 속의 문화 읽기」, 「불교 사진 이야기」, 「신 사찰 건축」, 「갤러리 색즉시공」 등을 연재했다. 「박재완 기자의 사찰 풍경 2」와 「절 속의 문화읽기」로 2008년과 2010년에 한국불교기자협회가 수여하는 한국불교기자상(사진영상 보도부문)을 수상했다. 2012년 〈에세이스트〉로 등단했고, 「텅 빈 운동장」으로 2015년 〈에세이스트〉의 '올해의 작품상'을 수상했다.

산사로 가는 길

2016년 5월 15일 초판 1쇄 발행
2016년 12월 15일 초판 2쇄 발행

지은이 | 박재완
펴낸이 | 권오상
펴낸곳 | 연암서가

등 록 | 2007년 10월 8일(제396-2007-00107호)
주 소 | 경기도 고양시 일산서구 호수로 896, 402-1101
전 화 | 031-907-3010
팩 스 | 031-912-3012
이메일 | yeonamseoga@naver.com
ISBN 978-89-94054-89-6 03810

값 15,000원